須賀敦子さんへ贈る花束

北原千代

思潮社

須賀敦子さんへ贈る花束

北原千代

思潮社

目次

本文レイアウト・装幀＝伊勢功治
写真＝ Andrea Bielefeld

須賀敦子さんへ贈る花束

北原千代

待ちわびてひらくものがたり

須賀敦子さんが世を去ってから、二十年が経つ。けれども須賀さんは現在も、まるで生きている人のように、いきいきとした口調で語りかけてくる。ページをひらくたび、馴染みの場所から須賀さんは現れ、新たな迷い道へとわたしを案内する。須賀さんの冒険に、わたしはいつも喜んで付き従っている。とちゅうには何度聞いてもくすっと笑ってしまう比喩があり、何にたとえようもなく深い沈黙があり、その後に慰めがやってきて、温まるとその日のページを閉じる。

この二十年の間に社会の様相はずいぶんと変わったが、須賀さんは少しも動じない。平然として流水に磨かれている鉱物のようだと思うことがある。流れの奥のほうからいつも眼をみはっている。ここにいますよ、というふうに。

一九二九年（昭和四年）、兵庫県武庫郡（現在は芦屋市）の裕福な家庭に長女として生まれた須賀さんは、幼少の頃から読書に親しみ、聖心女子学院在学中にカトリックの洗礼を受けた。一九五三年、政府保護留学制度に合格し初めて渡欧するが、このとき寄港したジェノワの埠頭で須賀さんを出迎えたのは、日本にいる共通の友人から紹介されたマリア・ボットーニという女性だった。約二年間のパリ留学中、イタリア在住のマリアからしばしば手紙が届き、カトリック左派のミラノにおける活動拠点、コルシア・デイ・セルヴィ書店の存在が須賀さんに知らされた。

　帰国後もマリアとの文通がつづいた。須賀さんは、彼女から届くコルシア書店の出版物や会報誌に興味を抱き、寄稿者のダヴィデ・マリア・トゥロルド神父や、「P」（ジュゼッペ・リッカ、通称ペッピーノ）の記事に惹かれていった。コルシア書店の出版物のなかから須賀さんが選んで翻訳した論文などが、一九五六年から月刊誌「聖心（みこころ）の使徒」に掲載される。

　一九五七年、カリタス・インターナショナル留学生の資格を得た須賀さんは、翌年ローマに渡り、大学で聴講を始める。一九五九年、ダヴィデ神父の原稿を訳し、夏にはロンドンで彼に面会。一九六〇年、須賀さんはミラノに向かう。このとき須賀さんをジェノワの駅に出迎えたのは、コルシア書店の出版部門責任者ガッティと、彼の友人で書店全体のマネジメントを行っているペッピーノの二人だった。須賀さんがコルシア書店を拠点にしてミラノで勉強をつづけていくことは、ダヴィデ神父の提案により、メンバー全員の賛同を得て決まった。

ほどなく須賀さんとペッピーノの間に、親しい文通が始まる。彼の協力を得てコルシア書店から雑誌「どんぐりのたわごと」を創刊するが、まだこのときは本格的な執筆活動に入っておらず、唯一、七号で創作童話「こうちゃん」を発表している。翌年、須賀さんはペッピーノと結婚。少しずつ翻訳の仕事を始め、やがて本格的に仕事を展開する。一九六五年には、夏目漱石、森鷗外をはじめとして、日本近代文学二十五作品を翻訳した四年がかりの大作『日本現代文学選』を、ボンピアーニ社から出版。一九六七年、ペッピーノが四十一歳で病没、結婚生活は六年に満たなかった。

一九七一年に帰国してからの須賀さんは、すぐに執筆活動に入るかと思えばそうではなく、カトリックの慈善運動に参加し、「エマウスの家」の設立責任者として、活動に身を捧げる。企業広報誌「SPAZIO」（日本オリベッティ）に「イタリアの詩人たち」の連載を始めたのは一九七七年のこと、そしてようやく一九八五年、翻訳ではなく自分のイタリア体験を書くようにという同誌編集者、鈴木敏恵さんの勧めにより「別の目のイタリア」の連載が開始される。これらは一九九〇年、初めてのエッセイ集『ミラノ　霧の風景』として結実した。その後、さらに四冊のエッセイ集が相次いで刊行され、一九九八年、卵巣癌が再発し、心不全のため六十九歳でこの世を去るまで、精力的に執筆がつづけられた。

もしも須賀さんが、若い日に「こうちゃん」を書いてから絶え間なく独自の創作をつづけていたら、わたしたちはもっと多くのものがたりを読むことができたかもしれない。須賀さんの人生の時間を思うと、書き始めるまでの逡巡がどうにもまどろこしく、ため息をついてしまう。けれど、起伏に富んだ須賀さんの人生の終盤近くまでじっくりと熟成され、時満ちてようやく生まれた作品だからこそ、蒸留酒のような香気と輝きを、いつまでも放ちつづけているのかもしれない。

書かれたものだけをたよりに想像するのだけれど、須賀さんは、自分に対する自覚に早くからめざめた人だったと思う。「このために生まれてきたという生き方」を、須賀さんはごく若い頃から生涯にわたって追求しつづけた。自身の使命について問いつづける人だったゆえに、声を出すすべなく去って行った他者の人生に深い関心を寄せ、想像力を働かせて、闇のなかから彼らを浮かびあがらせることができたのだろう。

須賀さんは、人間とその運命とに深い関心を抱きつづけ、ひとりひとりの人間の「たましい」に寄り添うようにして描写した。それは須賀さんが、誰もが生まれながらに持つ根源的な弱さ、哀しみといった負の部分をよく感知し、表現せずにいられなかったからではないか。須賀さんは、自らの不幸を語るときは常に、一歩も二歩も引いたところに立っていた。人知れず、自分の生き方はほんとうにこれでよいのですかと、天を仰ぐこともあったのだろう。そうでなければ須賀さんの言葉に、あれほど垂直の芯が通るはずがない。

初めて須賀さんの本に出会ったとき、わたしはすでに四十代の後半になっていた。出会ってすぐ、息づかいのじかに伝わる、語りかけるような文章の虜になった。美術作品も音楽もそうだが、創作の果実には、作者の息吹がこめられている。須賀さんはすでにこの世にいなかったが、言葉は、紙のなかに死んで埋もれているのではなく、生きて呼吸していた。

言葉は確かに生きつづける、たとえ実際に触れて抱き合うことができなくても、ときにはそれよりもっと真実に、他者と出会い、その人のいのちに働きかけることを知ったとき、わたしは限りある現実世界の束縛を解かれるような気がした。

ふしぎなことに、須賀さんの本は、声として耳から入ってくる。どうもわたしは、文字を読んでいるというより、ものがたる声を聞いているようだ。心地よいリズムと独特の調べがあって、ものがたりの内部に惹きこまれる。ときおり話題が高尚すぎて鼻持ちならないと思ったり、近寄りがたい威厳を感じ、引き返すこともある。須賀さんの文学をほんとうに味わうには、何十年かかってもまだ足りない。そしてものがたりというのは、たぶん運命的に嘘を孕んでいるから、わたしはその嘘や苦みをも、おいしい料理のなかからスパイスを言い当てるようにして愉しむ。

今日もまた、目の前の差し迫った用事のために、ひとまず本は伏せたまま、慌てて椅子から立ちあがる。須賀さんの声はいつも本のなかにあり、ひらかれるときを待っている。外が暗ければ暗いほど、ストーブの焔の色が濃くなるのは、ほんとうだと思う。

フレスコバルディのtoccata（トッカータ）

わたしはまだ一度もイタリアに行ったことがない。けれども、須賀敦子さんの文章を読んでいると、山また山にすっぽり挟まれたような里にある小さなわたしの家の、窓を開けたすぐそこに、ミラノの霧がたちこめているのでは、と思うことがある。
「あっという間に、窓から五メートルと離れていないプラタナスの並木の、まず最初に梢が見えなくなり、ついには太い幹までが、濃い霧の中に消えてしまう。街灯の明りの下を、霧が生き物のように走るのを見たこともあった。そんな日には、何度も窓のところに走って行って、霧の濃さを透かして見るのだった」（「遠い霧の匂い」『ミラノ　霧の風景』）。

†

若い日の須賀さんは、ローマでひとつの大きな出会いを経験している。一九五四年春。当時フランスに留学していた須賀さんは、学生寮の仲間とイタリア旅行をした。パリから列車で二十時間もかかる旅だった。旅の終着点のローマで日本の友人と落ち合った須賀さんは、仲間とは別行動を取り、パンテオンを訪れることになった。紀元前に皇帝アウグストゥスの女婿、アグリッパによって建てられたパンテオンは、焼失に伴い紀元一二五年ハドリアヌス帝によって再建された、巨大な円堂と半球形ドームを持つ神殿である。

「パンテオンは、平面と線だけを評価の基準として固められた私のなかに、それまで貯めてあった語彙や表現法ではとうてい形容しきれない種類の建造物だった」と須賀さんは書いている(「リヴィアの夢——パンテオン」『時のかけらたち』)。

須賀さんをもっとも驚かせたのは、美しい円形の穴(開口部)が天井に向かってひらいていたことだ。そこから朝の太陽の光線が降り注ぎ、色大理石の床には、いびつな円形の光の池ができていた。つづけて須賀さんは、しずかな口調でこう語る。

「やがて私をイタリアにとどまらせ、この国で長い時間をすごすようになったことと、パンテオンのあいだになんらかの因果関係があるとすれば、あの天井に開けられた、まるい穴を見たことが介在するのを否定できないように私は思う」。

須賀さんがパンテオンを訪れたちょうどその年の夏に、わたしは生まれた。須賀さんと母とは、戦争を体験した同じ世代だ。もしも、須賀さんのような女性が自分の母親だったら、あるいは叔母か姉かそういう人だったら、と埒もないことを想像してみるのはわたしだけだろうか。

†

一九九八年に追悼号として刊行された「文藝別冊 追悼特集・須賀敦子」でみた須賀さんの、丸みを帯びてやや頬骨の目立つ面立ちは、母や叔母たちの若い頃に少し似ていた。教養も資質も、環境もあまりに違いすぎて、比べるということ自体が滑稽なのだけれど、須賀さんと母たちとは、同時代の女性としてどこか似通ったところがあり、やはり大きく違っている。須賀さんの一見無邪気そうな微笑みの奥には、根源的な、とても真摯な問いかけと、つよい意志とを感じさせる理知の瞳があり、親しみをこめて今にも語りかけてきそうな、他者に向けてまっすぐひらかれた姿勢の芯は、圧倒的な存在感を示していた。

わたしはと言えば、いつまでたっても子どものように情動的で、自分の未熟さがはがゆくてならない。うかつな行動や失言を振り返り、どうしてあんなことを……と後悔することが多い。そういうとき、わたしは須賀さんの本をひらく。レモン油で濾されたような色調、滋味あふれる須賀さんの文章に引きこまれ、ものがたる須賀さんの声を聞く。そして、貧しい時代に何と自由な精神の富を持つ青春だろうと嫉妬し、おおいなる才能と仕事にため息をつき、愛情深さと正義感と奔放さに心揺さぶられ、何をしても絶対に追いつけない従者の気分を身体じゅうで味わいながら、すぐに見えなくなる須賀さんの背を探している。

†

初めてのエッセイ集『ミラノ　霧の風景』が一九九〇年に刊行されたとき、須賀さんは六十一歳だった。与えられたいのちはそれから十年に満たないことを、わたしたちはすでに知っている。

冒頭に置かれた「遠い霧の匂い」は、単行本のための書き下ろしである。霧の日、須賀さんはしばしば、夫の好きなポレンタというトウモロコシパンの料理をつくったそうだ。四十一才の若さで病死した夫ペッピーノは、「ずうっと肺臓の奥深くまで」霧を吸いこむとミラノの匂いがするという方言の歌を、よく調子外れに歌っていた。

さらに若い人の死が、短い章の終わりに語られている。霧深い夜にグライダーを操縦していて、山に衝突、墜落死した友人の弟の話である。須賀さん夫婦と友人とは交互に窓のそばへ寄って、迎えにくるはずの弟を待っていた。しまいにはとうとう窓を開け、霧の流れる外気にあたりながらずっと待っても、弟が来ることはなかった。

帰国後二十年も経ってようやく文字になった須賀さんのミラノは、黄泉の象徴のような霧に包まれている。『ミラノ　霧の風景』のあとがきに引かれているウンベルト・サバの詩。

死んでしまったものの、失われた痛みの、
ひそやかなふれあいの、言葉にならぬ
ため息の、
灰。

（ウンベルト・サバ《灰》より）

「いまは霧の向うの世界に行ってしまった友人たちに、この本を捧げる」。

ああ、そうだったのかとわたしは思った。生と死とが同じ土壌のつづきにある、とイタリア詩人たちを評した須賀さんが、最初の作品集を死者に捧げたのは、ごく自然なことだった。

†

学生の頃からカトリックの精神を持ちつづけ、帰国後は実践者として、家のない人を食事に招き宿を提供する「エマウスの家」設立責任者になり、廃品回収までしていた須賀さんにとって、死とはどこへ行くことだっただろう。イグナチオ教会での告別式で、神父様のひとりが、死の少し前に須賀さんが訪ねてきたときの言葉を伝えたという。

「私にはもう時間がないけれど、私はこれから宗教と文学について書きたかった。それに比べれば、いままでのものはゴミみたい」(鈴木敏恵「哀しみは、あのころの喜び」「文藝別冊 追悼特集・須賀敦子」)。

須賀さんはとても偉大で、はるかに遠い人だ。けれども、あれほど才能にあふれ、未来を拓き、懸命に生き、愛され称賛された須賀さんでも、人生の終わりになって悔いたり嘆いたりすることがあるのだと思うと、何ともいたたまれず、そして厳粛な気持ちになる。わたしはこれからも、須賀さんが遺してくれた多くの書きものをたよりに、鈍く遅い足で跡をたどっていこうと思う。

†

須賀さんについて、わたしはまだ少ししか知らない。イタリア語の韻を心から愉しむ須賀さんの耳は、どんな音楽を喜んだのだろう。わたしの素人オルガン演奏は、須賀さんをどのようにあきれさせるだろうか。茶目っ気のある須賀さんをのけぞらせてみたい。

イタリア人作曲家で、大バッハにも影響を与えたジロラモ・フレスコバルディは、一六一五年に出版されたトッカータ集第一巻序文で、トッカータ*の技法を記している。テンポは拍打ちにとらわれず、演奏者の判断に委ねられる。演奏者は曲の最後まで弾く必要はなく、適当と思われる好きな場所で終わっても良い。だからわたしはトッカータが好きなのだ、と膝を打った。

須賀さんの音楽の好みについては、ムスタキの歌が好きだったことくらいしか知らないのだが、大竹昭子さんとの対談のなかで「あぁ、こういうことをやりたい、と思った時に自分に許してやるというのかな、そういうのが私にとってはいちばんの遊び」と語っていたことを手がかりに、楽譜を探した。フレスコバルディだ、とわたしは直感した。「聖体奉挙のためのトッカータ」を、須賀さんに聞いていただきたいと思った。

＊トッカータ（toccata） 触れるという意味の動詞に由来。チェンバロ、オルガンなど鍵盤楽器のための即興的な楽曲で、形式はない。

靴を、島を探して

冒頭から、ここではないどこかへ連れ去られてしまう本がある。

「きっちり足に合った靴さえあれば、じぶんはどこまでも歩いていけるはずだ。そう心のどこかで思いつづけ、完璧な靴に出会わなかった不幸をかこちながら、私はこれまで生きてきたような気がする」（『ユルスナールの靴』）。

ふうっと気が遠くなりそうだった。才能にあふれ、のびのびと自由に執筆したに違いないあの須賀さんがどうして、と。戦後の混乱期にパリやローマで学び、数多くの翻訳やエッセイを著した彼女が「完璧な靴に出会わなかった不幸をかこちながら」生きてきたというのか。その告白はあまりに意外で、すぐには受け容れがたいのだった。

ごく短いプロローグのなかで、須賀さんはモイラ・シアラー主演の『赤い靴』に触れている。アンデルセンの童話をもとにしたバレエ映画の名作だ。気がついたらわたしは、一九七〇年代の京都へ運ばれてしまっていた。

†

学生時代にいくつかアルバイトをしたが、一番長つづきしたのはバレエ団のピアノ伴奏の仕事だった。貼り紙を見て見学に行った先では、急な欠員に慌てている様子で、音楽専攻でなくバレエの経験もないというのに、とにかく今日から弾いて下さいと簡単な楽譜を渡された。田舎育ちで、憧れていても習う機会に恵まれなかったクラシックバレエ。わたしは嬉々としてスタジオ通いを始めた。

最初の挫折はすぐにやってきた。バレエ用語がよくわからない上に生来リズム感が悪く、しばしば指がもつれ、つっかかる。それでも動きの途中でむやみに止まるわけにいかず、振付をよく観察し、動きにふさわしい音楽を即座に弾かねばならない。レッスンが終わると身体も心も、水を含んだ綿みたいに重く感じられた。

それでもわたしは、学校のある烏丸今出川から毎日のように市バスに乗り、北野白梅町のスタジオに通いつづけた。三時頃から小さな子どもたちが集まってくる。時間が進むにつれだんだんと高学年のクラスになり、夕刻からはダンサーたちが「おはようございます」とやってくる。夕方なのにおはようという挨拶をする習慣を、わたしはおもしろいと思った。

ダンサーたちのよく鍛えられた身体が整列してバーに向かい、のびやかに四肢や上体を運動させる様子はとても優美だ。ピアノなど弾かずに踊りを見ていたい気持ちになるが、見とれている余裕はなく、次々と変化する動きに合わせ、ときには動作を予測しながら音を出していく。ゆっくりしたシンプルな動作にも、細やかで繊細な音の動きが要求される。ダンサーたちの耳はことのほか研ぎ澄まされていて、敏感に音に反応する身体や表情を、美しいともおそろしいとも思った。

ダンサーたちは、来る日も来る日も基本的な動きの練習を繰り返す。そして公演の演目や配役が決まると、スタジオの雰囲気が変わり、土を捏ねる作業にも似た念入りな振付が始まる。さまざまな過程を経てひとつの舞台を創りあげていく、その隅っこの場所に自分がほんの少しだけ参加していることに、わたしはすっかり興奮した。特別講師の薄井憲二さんや石田種生さんのレッスンは緊張したが、そのぶん張り合いがあり、まるで舞台芸術の薫りに骨から燻されるような気がして、身体がふるえるのだった。その感動は、同じ頃観た山本安英さんの舞台「夕鶴」に重なり合っている。

四年ほど経った頃、ハンガリー人ダンサーのエヴェリンと出会った。バレエ『ドン・キホーテ』の有名な一場面「キトリのバリエーション」を、鮮やかに扇子を使いながら振り付けるエヴェリン。わたしは仕事を忘れてつい見とれてしまった。とつぜん厳しい口調で、ピアニスト集中して！と注意され、はっと我に返るのだった。

ヨーロッパの劇場でプリンシパルをつとめたエヴェリンは、すでに踊り手としての頂点を過ぎ、もっぱら後進の指導に当たっていたが、ただトゥで立ちあがるだけ、肘を動かすだけで、スタジオの空気を清新なものに変えた。

音を合図に、彼女はしなやかに上体を反らせたり、跳躍をする。ダンサーの技量もさまざまで、なかには音の頂点がくるときすでに着地に向かっていたり、小さく堅い動作で早々と着地してしまう人もいるが、エヴェリンの跳躍は、他の誰とも違っていた。躍動感にあふれ、しかも空中の美しい姿勢が長い。わたしの弾くグランワルツ（ダイナミックなワルツ）も心なしか立派に響くように思った。どうかエヴェリンが他のピアニストを指名しませんように。わたしは腱鞘炎になるくらい熱心に練習して自分の指を鍛え、舞台の本を読みあさった。

エヴェリンとわたしは次第にスタジオの外でも親しくなり、休日に待ち合わせて真如堂の月釜茶会にも行った。彼女はいつもバス停まで息堰き切って走ってきた。時には届いたばかりのエアメールの封筒をにぎりしめて。彼女は市バスの後部座席で神妙に封を切った。かつての仕事仲間や友人から定期的に届く、透けて見えるような薄いエアメールが、彼女の表情を緩ませ、ときに曇らせもするのだった。

一度だけ、スタジオ近くのアパートを訪ねたことがある。約束の時間が過ぎても現れないので心配になり部屋のドアをノックすると、彼女はいつも楽屋着にしている浴衣姿のままで、約束の日を間違っていたことを、ほんとうにすまないという表情で詫びた。普段ひっつめに結っている髪の毛は、肩まで垂れていた。思いがけず髪が薄いこと、ゆるく着崩した浴衣の首もとに深い皴が刻まれていることに初めて気づいた。彼女はバナナの皮をむいてわたしにもすすめた。熟れすぎたバナナの匂いが、西日の射す狭い部屋にこもった。

千代は将来何をするの？とその日エヴェリンは訊いた。困った質問である。わたしは数か月後に結婚して遠くへ引っ越すため、間もなくスタジオを辞める予定だった。何よりわたしは、まだほんとうに自分がしたいことを見つけていなかった。ノートに詩のようなものを書きつけ、仲間とガリ版刷りの同人誌を出したりしていたが、書店で現代詩の月刊誌を何度も手に取りながら、投稿する勇気がなかった。ただバレエが好きだからという理由で、スタジオに何年も通いつづけていた。背中の筋肉まで尖らせたダンサーたち、夕方におはようと挨拶を交わす狭い階段、スタジオの匂い、チャイコフスキーやショパン、アダンのバレエ音楽も、物語も舞台もすべて好きだった。

けれど、スタジオの隅っこにあるピアノに向かってわたしは苦しんでいた。これは自分に与えられた仕事ではない。引っ越しが決まらなくても、いずれはスタジオを辞していただろう。毎日何時間も、指を傷めるほど練習しても満足に弾けなかった「オンディーヌ」の難しいピアノ譜を、見学にやってきたばかりの音大生はほとんど初見で鮮やかに弾いてみせ、振付師やダンサーたちを感嘆させた。

エヴェリンはおそらく最初から気づいていたに違いない。音楽と身体がみごとに親和している天性のダンサーは、どれほどの忍耐で拙い素人ピアノに付き合ってくれたのだろうと、今もときおり思う。

†

『ユルスナールの靴』には、フランス語作家マルグリット・ユルスナールの仕事を辿りながら、自身の拠りどころを探し求めてやまない須賀さん自身の足跡が綴られている。その足跡は、まっ白な石膏に残された素足の足形のようにも見えるし、彼女の知の光がもたらす陰翳によって、大きすぎる靴のふらついた足取りや、何かの罰を受けて履かされたゴム草履の足跡のようにも見える。

四半世紀の年月をかけて『ハドリアヌス帝の回想』を書きあげたユルスナール。彼女は晩年を異国の孤島で過ごしたという。須賀さん自身も、ユルスナールが終の棲み家に選んだ島、あるいはハドリアヌス帝が宮殿にしつらえた人工の島のように、彼女自身の精神の「島」を探し求めてきた。

彼女は生涯のうち何度もウンガレッティの象徴詩「島」を想い浮かべただろう。

永劫の夕暮につつまれた
太古の森の恍惚の水辺に

須賀さんの解説によれば、この詩は死と再生を暗示しているという。いったん水辺に下りた主人公がやがて上昇をとげ、黒い瞳の乙女たちに出会って、羊のまどろむ草地に至る。須賀さんは、生のつづきに横たわるゆたかな死の土壌をいつも見ていたのだろうか。

いくつものエピソードがゆたかに語られる『ユルスナールの靴』のなかで、須賀さんにとって精神の迷路とも言えるローマ留学時代、何かで読んだという小さな話が、わたしの心にタネのように残った。それは、神の歓びに到達したいと願った、ブヌワと呼ばれる男の話だ。彼はトラピストの修道士になるが祈りや労働の時間が守れず、長年かかっていくつかの修道院を渡り歩き、修道院の門番から、しまいにはローマの街で物乞いになる。だんだん健康をむしばまれ、ある夏の夕方、道ばたで息を引き取る。これといった奇跡は何も起きず、彼がどんな法悦に浸ったかは誰にもわからない。けれどその日、ローマの子どもたちは、ブヌワさんが死んだと大声で叫び、樹木という樹木でスズメがさえずり始めたという。

誰より道に迷いやすいわたしは、この話に立ち止まって、樹の下で深く慰められた。

『ヴェネツィアの宿』に響く調べ

須賀敦子さんの著書からしばしば不穏な調べが聞こえてくる。「文學界」の連載をまとめ、一九九三年に刊行された第三作『ヴェネツィアの宿』もまた、隠されている壺の底を覗いてしまった人の、空気を切り刻むような短い叫びに充ちているのだった。

誰が好きこのんで、暗闇に落ちていきたいと思うだろう。闇ではなく光のあるほうへ、こうべをあげてまっすぐに向かって行きたいと願いながら、何かに吸い寄せられるように、闇の穴を覗いてしまうことがある。

†

シンポジウムに出席するためヴェネツィアを訪れた須賀さんは、五月なかばだというのに重苦しい蒸し暑さの街中を、案内役の友人と別れ、ひとり宿泊先のホテルに向かっていた。路地裏で、突然あふれ出た音楽に、須賀さんは驚く。フェニーチェ劇場創立二百年記念のガラ・コンサートのもようが、広場にしつらえたスピーカーから路地にまで流されているのだった。

ホテルは、劇場の細い通りに面していた。体調がすぐれない須賀さんは、アスピリンを服用し、客室の窓を開け放ったまま火照った身をベッドに横たえる。広場のスピーカーは大音量で、オーケストラの音楽や歌や、観客の拍手、咳払いまで街の路地に届けていた。聞いたことはあるが名を知らないアリア。彼女はとぎれとぎれに目覚め、音楽というよりも、鳴る音をうつろに聞きながら、眠りに落ちる。

須賀さんは、言葉の世界に近づけば近づくほど音楽から遠ざかっていった人だった。ミラノに十年以上も暮らしながら、スカラ座をめったに訪れなかったのは、須賀さんと音楽との距離をあらわしている。ヴェネツィアの満月の夜、開け放った窓からおし寄せるスピーカー越しのアリアに、お願いだから眠らせて、と懇願する。

夢の行き先で、彼女はかつてヴェネツィアを訪れた父親を回想する。一九三五年という年に、ヨーロッパからアメリカにかけて一年近い大旅行をした実業家の父親は往年、ふたつの家庭を持っていた。和服姿の愛人を目の前にし、長女の須賀さんは「ママのところに、はやく帰ってください」と父親に正面から告げる。そしてその後も一家の長子として奔走し、二年間も不在だった父を、母や妹、弟のいる家庭へ連れ戻す。

母親を庇い、楯となっていた須賀さんはしかし、父親に真っ向から敵対していたのではなかった。むしろ父を憎みながらも深く愛していたのではないか。清も濁も、ありのままますべてを。そうでなければ、若い日の父の追憶から始め、そのいのちの終焉で結ぶという、円環を閉じるような方法でこの集を編むことはしなかっただろう。

月日が経ち、須賀さんの父は東京で死の床に就いていた。昔、オリエント急行で使っていた思い出のコーヒーカップを欲しがっていると人づてに聞いた須賀さんは、自らオリエント急行に乗り、事情を話してどうかひとつ分けてほしいと車掌に直訴する。

デミ・タス碗と皿を手に入れた彼女は、機中も手に抱えて持ち帰り、羽田から父の病院へ直行する。そのカップを横目で見るように父親の意識は遠のき、翌朝には亡くなった。整いすぎたと思うくらい、美しい終章である。

裕福な家庭に隠された翳の部分を、どうしてか須賀さんは明るみに出さねばならなかった。エッセイストとしての須賀さんを世に出した編集者、鈴木敏恵さんはかつて「編集者として興味がもてるのはあなたのイタリアだけ、あなたの日本には殆ど興味がない」と須賀さんに言ったそうだ。『ヴェネツィアの宿』は、唯一、須賀さんから鈴木さんに贈られなかったという。

不穏な音楽で始まる序章にもっともよく共鳴しているのは、終章のすぐ前の「アスフォデロの野をわたって」だろう。詩人の魂を持つ須賀さんは、この章を最後に置きたいと思わなかっただろうか。夫ペッピーノを失うという、足もとを掬われるような不安の予兆が、悲鳴のような不協和音を伴って前方から迎えにくる。

兄と妹、それに鉄道員の父親を相次いで失くしていたペッピーノの不幸な生い立ち、不吉な記憶を、須賀さんは、〝彼の意識に刺さった棘〟と言い、どうにかしてそれを取り去ってあげたいと願ったのだった。ある日、その理不尽な別離が、もしかしたら彼だけでなく自分の身にもふりかかるのではないかという怖れに気づき始める。

アキレウスは、アスフォデロの野を
どんどん横切って行ってしまった

夕陽が沈む頃、友人たちと休暇を過ごしていた海辺の廃墟で、夫ペッピーノの姿だけが見えなくなった。小高いところには葭の群生があり、夕刻の風に、青みがかった葉先をなびかせていた。そのときふと彼女の頭に浮かんだのは、「オデュッセイア」の冥府行きの一節だった。

オデュッセウスは冥府で、トロイ戦争の英雄アキレウスの亡霊に出会う。アキレウスは、自分の死を讃えないでくれ、百姓となって地を耕そうとも生きていたほうがましだ、と言う。そして彼の息子の武勲を聞くと、アキレウスとの別れを惜しむでもなく、アスフォデロの野を去って行った。

不幸の予感はすでに結婚前から、意識のどこかに巣くっていた。結婚を通して手に入れた「静穏と充足」をかけがえのないものと思い始めた頃、怖れのタネは彼女の体内で発芽し、むくむく大きくなり、やがて彼女をがんじがらめにする。暗い予感は的中し、夫との死別は、それから間もなくであった。「アスフォデロが花の名だったのか、ただ単に忘却を意味する普通名詞なのかは、いまだにはっきりとわからない」と、須賀さんは宙に放り投げるようにこの章を結んでいる。

†

西洋古典文学に精通した詩人、多田智満子さんは、須賀さんがアスフォデロを知らなかったことに驚いている。アスフォデロス（多田さんの表記による）は、地中海沿岸でしばしば目にすることができる、百合とグラジオラスの中間のような植物で、白っぽい花が咲くという。

アスフォデロスに関する知識を、プリニウスの「博物誌」から引きながら、まるで幻想的なものがたりのように読者に説き聞かせてくれた多田さん自身もまた、他界に去った。

今はもう出会うことのない友人を思うとき、わたしはうずくまる。その友人が幼い頃経験した心凍りつかせる酷い体験に、この手で触れようとしたのだった。言葉も祈りも虚しいとその人は言った。少しずつ周辺から、悲しみのかたまりは溶けようとしていた。あるとき自分の手を見ると、友と同じ凍傷がすでに始まっていた。痛みをすべて引き受けるには、身代りになる覚悟がいる。それに気づいたときわたしは怯え、差し出した手をもとに戻した。あのとき友は、どんな目をしてわたしを見ただろう。

祈る人はみな手を合わせる。どのように祈ればよいかわからないときも。夕暮れの畑地には、いつ植えたのだったか、名まえのわからない球根の花々や香草が、長く土地にはびこる雑草の繁みの内から遠慮がちに、むらさきや黄色の首を出して、春風にふるえている。春ごとに、思いがけない場所から花々は現れ、不思議な香りが漂う。

「雨だよ、たくさんあたっておたのしみ」

「アッシジは、海抜四百米の丘のうえに、群がり咲いている」
（「アッシジでのこと」「聖心(みこころ)の使徒」一九五七年十月号）

須賀敦子さんに贈る花束を、長い間つくれないでいた。東日本大震災の酷い三月が過ぎ、夏が去り、霜柱の立つ朝がきた。やがて野はいちめんの雪に覆われ、そして雪解けの水音がした。乳色の川霧に、村じゅうがぐっしょり濡れる夜もあった。

今、早春の庭や畑を見渡すと、無彩色の画布に黄色と紫の絵の具を撒き散らしたように、クロッカス、福寿草、フキノトウ、水仙が咲きこぼれている。土のなかで眠っていたのがようやく目覚め、みな驚いたように咲いている。かわいらしく可憐に、少し臆病そうに。

知的で上品で、少しシニカルなところもある須賀さんをふふっと微笑ませるような、みずみずしく麗しいものを贈りたいのだけれど、わたしの庭には、丈の低い、地味でありふれた花材しかないのだった。
マサチューセッツ州アマーストの田舎町の自宅に引きこもって、自然のありさまを詩人の眼で観察し、永遠に思いを巡らせ、まだ見ぬ読者に向けて詩を書いていたエミリー・ディキンスンの魂が、この春はすぐ近くにきていた。たとえささやかでも、ほんとうの露を置いた花束をこしらえ、須賀さんに届けようと思った。

†

敗戦後のおおかたの日本人には想像もつかないほど恵まれた環境に育った須賀さんもまた、与えられた固有の人生の、喜びと苦悩の両方を受けた。結婚後六年足らずで死別した夫、ペッピーノの生家を次々と襲った不幸に自身も苛まれ、運命を引き受けてしまった哀しみの調べを伴いながら、須賀さんのエッセイは、日本とヨーロッパで親しく出会った人びとへの共感、過ぎ去った共同体と土地への哀惜（そこは荒野ではない、と彼女は言う）が、声のように綴られていく。

精神の沼、と言うのだろうか、須賀さんのそれはとても深く、晩年に近づくにつれていっそう深さを増す。ほんとうに書きたかったものがようやく見えてきたというのに、須賀さんは、生の岸辺からずんずん引き離されていったのだ。空気を切り刻むような緊迫の声にいたたまれなくなると、わたしは全集の第八巻を手に取ってみる。

両親や夫に宛てた書簡、年譜、未定稿とそのためのメモなどが収められている第八巻は、ゆったりと分厚い。哀しみがぬぐわれ、陽が差している明るいページには、二十代の須賀敦子さんがいる。生命をもえあがらせ、人生の歓喜と祝祭の只中に、みずみずしい若木のように立っている。

パリに留学中、聖フランチェスコの足跡を訪ね、須賀さんはとうとうアッシジに着いたのだった。聖フランチェスコと聖キアラが、まだ当時のままの暮らしをつづけているとしか思えない、サン・ダミアノ。僧院の小さな鐘を鳴らすと、眼に沁みるような美しい鳶色の修道服(アビト)、素足にサンダルの若い修道士(フラテ)が、案内に出てきた。

粗末な修道院の、庭とは名ばかり、一坪ほどの細長い空間に花畑があり、隅には小さな水溜まりがつくられていて、そこに金魚が二匹泳いでいた。壁のすぐ下は果樹園(オルト)で、ずっと下のほうにはウムブリアの野が春雨にけぶってひろがっていた。

「ここで聖フランチェスコが太陽の讃歌をつくられたのだということです」。修道士はうれしそうに言った。その庭の小ささ、静けさに、八百年の昔の聖フランチェスコを思う須賀さん。静かにまた、降り始める雨。案内の修道士が、金魚の水溜まりに浮かんでいた数枚の葉をとりのけてやりながら、聖フランチェスコが八百年前にうたった一節を、何げなく口ずさんだ。

「雨だよ、たくさんあたっておたのしみ」。

この一行を初めて目にしたときの驚きを、わたしは忘れられない。本のなかから活字が起きあがり、まばたくのを見た。言葉がうたのように響いた。雨をあび、無心に泳ぐ二匹の金魚は、水溜まりを覆っていた葉を除けて雨をあててくれた修道士の存在など少しも知らないまま、恩寵の雨のなかにいるのだった。

須賀さんはそれからもたびたびアッシジを訪ね、最初の旅から数えて八度目、夏の終わりに丘にのぼった。

「トスカアナまで続く平野のむこうに、金星がきらめきはじめた」。

エッセイはしだいに昂揚し、うたになる。

「星が野が、町がこたえた。私たちのフランチェスコも、丘を降りて行った。だれでも一度は丘を降りなければならない。おまえのいのちは、この夏、ウムブリアの野にうまれた。うまれたばかりだから、わたしたちは大切にそだてた。しかし、もういいだろう。おまえにも丘をおりる時がきたのだ、と」。

須賀さんは、丘を降りていった。

†

それから四十年余りが経った東京に、身体の苦痛に耐え、残された時間を数えながら、身を削るように小説の構想を練る須賀さんがいた。全集第八巻の年譜によると、残った力で、文学と宗教の影響について書きたいと、上智大学学長カリー神父に語っている。

シモーヌ・ヴェイユにつながる単行本未収録エッセイ「古いハスのタネ」には、未完の小説「アルザスの曲りくねった道」に結実するはずだった詩篇や箴言が、宝石のように埋まっている。

「個人の祈りは、神秘体験に至ろうとして恍惚の文法を探り、その点では詩に似ているが、究極には光があることを信じている。共同体の祈りも散文も、飛翔したい気持を抑えて、人間といっしょに地上にとどまろうとする。個の祈りの闇の深淵を、たぶん、古代人は知っていたのだろう」。

わたしは光っている箴言を須賀さんから借りて自分の部屋に持ち帰り、こっそり箱を開けて目をみはる。それらはとてもつよい光を放っている。「死者は生者に語りかけに戻ってくる。それこそが彼らのすることだし、死者の主な仕事と言っても良い」と、ヴェイユの姪、シルヴィ・ヴェイユが書いているとおり、わたしもまた多くを語られている。けれどもその一部しか、今はまだ聞こえてこない。

若い日にアッシジで、雨のように降り注ぐ恩寵をあびた須賀さんは、婚約者ペッピーノに宛て、心弾ませ手紙を書き送った。その日から少しずつ遠くへ、はるかなところへ、たったひとりで行こうとしたのはなぜだろう。須賀さんは、シモーヌ・ヴェイユの声に誘われ、宗教の周辺をひろげていきながら、軌道の外にある未知の場所で神に出会うことを望んだのだろうか。シモーヌ・ヴェイユとペラン神父との壮大なギリシャ哲学の研究は、神の愛について書かれた、キリスト教のものでない、もっとも美しい作品を集めようとするあたらしい試みだった。

須賀さんのいのちは、文筆家の使命を帯びていよいよ輝こうというときに断ち切られた。生来の自由闊達で無邪気な心、健康と英知と父の財力、ほんとうに愛する人との結婚、天職と言える仕事、そして友人……地上でゆたかに与えられたそれらを彼女は徐々に失い、最期にはすべて天に返した。

†

この春、心身のバランスを崩し、霧のなかを泳ぐようだったわたしに、一通のたよりが届いた。学生の頃からの知り合いで、重い病に罹っている年長の友人からだった。忘れた頃に届くその人の手紙からはいつも、慈雨の匂いがする。

「spring ephemeral　草花が弥や生う月……」と始まる手紙の末尾に、ヨブ記の一節が書き添えられていた。意気揚々と盛んな人がもしヨブ記を奨めたとしたら、頑ななわたしは拒んだかもしれない。自分の重病を少しも嘆かず、どうしましたか、と微笑むその人の温もりに触れて、結んでいた心がほどけた。

私は裸で母の胎から出て来た。
また裸で私はかしこに帰ろう。
主は与え、主は取られる。
主の御名はほむべきかな。

（ヨブ記一章二十一節）

手紙の終わりには、艱難を耐えたヨブは前にも増して富と家族と長寿が与えられました、と書いてあった。

まだイタリアに行ったことがないけれど、わたしは想像のなかでアッシジの花を摘む。ゆったりとゆたかな気持ちになって摘む。家々はみな、うす桃色の石で建てられ、夕方になると刻一刻色をかえ、うす桃色から茜、深紅、そして菫色に輝き、やがて黒く沈んでしまうというアッシジの町。須賀さんはきっと、恩寵がしたたるアッシジの花束を抱いて、約束された永遠の家に帰っていったのだろう。

息をするのと同じくらい

忘れた頃に届くたより、というのはよいものだ。心のなかに、ひとすじの清新な風がすうっとわたり、呼吸の深くなるような気がする。こちらもまたゆっくりのペースで返信する。いつだったか、思いついて須賀敦子さんの話をしたところ、さっそく全集の何巻かを買い求め、仕事の合間を見つけては少しずつ読んでいると返事がきた。

それからまたしばらくしてから届いた手紙に、何か共通の友人のことでも話すような調子で「あのトゥロルド神父みたいなコートを着て……」と、須賀さんのエッセイの登場人物の名がさらりと書いてあったのに驚いた。仕事のために膨大な書類を日々精読せねばならず、多忙で、ちょっと手厳しいところのある人の懐にも、須賀さんの『コルシア書店の仲間たち』はわけなく潜入したのだと思い、うれしくなった。

何年も須賀さんのエッセイを読みつづけて飽きないわたしはと言えば、心のなかに、行ったこともないミラノの地図をひろげている。「地上に置きわすれられた白いユリの花束」のようであり、須賀さんの友人の形容によると「立っているのにくたびれて、すわりこんでしまったゴシック」という風変わりなミラノ大聖堂。コルシア書店は、大聖堂の後陣あたりから東北にのびる大通りのなかほど、現在のサン・カルロ教会の軒に店をかまえていた。「この都心の小さな本屋と、やがて結婚して住むことになったムジェッロ街六番の家を軸にして、私のミラノは、狭く、やや長く、臆病に広がっていった」(「街」『コルシア書店の仲間たち』)。

須賀さんは、十一年暮らしたミラノでの自分の生活圏を「パイの一切れ」にたとえ、このパイの外へ出ると空気までが薄いように感じられて、そそくさと帰ってきたのだそうだ。須賀さんのミラノは、コルシア書店と自宅アパートで囲まれた空間を地図の平面から浮かびあがらせるように、匂いと動き、そして声を持ち、いきいきと存在している。

ミラノ
石と霧のあいだで、ぼくは

休日を愉しむ。大聖堂の
広場に憩う。星の
かわりに
夜ごと、ことばに灯がともる

人生ほど、
生きる疲れを癒してくれるものは、ない。

ウンベルト・サバ
須賀敦子訳

†

一九五〇年代のなかば頃、ダヴィデ・マリア・トゥロルド神父が親友のカミッロ・デ・ピアツ神父と始めたコルシア・デイ・セルヴィ書店は、第二次大戦後、とくにフランスで盛んになったカトリック左派活動のミラノにおける拠点だった。キリスト教を基盤とした、従来の修道院ではない生活共同体の可能性を真摯に考えつづけていた二十代の須賀さんは、コルシア書店の出版物のいくつかを友人に頼んで東京に送ってもらい、じっくりと読んでいた。イタリア留学のめどがついたとき須賀さんは迷わず、書店を率いるダヴィデに会うことを目標のひとつにした。

念願が叶い、ダヴィデ自身の口ききでコルシア書店の仲間入りを果たすことができたいきさつを、須賀さんはごく淡々と書いている。『コルシア書店の仲間たち』では徹底して世の人びとを書こう、それに専心してもよいのだという確信があったのだろうか、キリスト者としての素朴な日常行為と思われる神様との対話、つまりどう祈ったか、感謝を捧げたかは何も書かれていない。やっと食べていけるだけの送金でアルバイト暮らしだった外国人を「かかえこんでしまう」ことになった仲間たちの心情をそっとおしはかる。その控えめな口調の後ろに、高揚感が見え隠れしている。こうして須賀さんの前に、ミラノでの晩い青春の日々がひらかれていったのだ。

仲間たちひとりひとりをめぐるエピソードはみな、衰退と崩壊、死別の運命を引き受けた上で、まっさらのような表情をして始まる。三十年というときの隔たりが、須賀さんの筆に必要な分だけ水分を与え、ところどころ哀調を滲ませながらも、勢いのある清新な文体をつくっている。

コルシア書店で共に活動した夫のペッピーノから、「これはきみの本だ」と紹介されたナタリア・ギンズブルグの小説、とりわけ『ある家族の会話』に須賀さんは心底感動して、「自分の言葉を、文体として練り上げたこと」が何よりすばらしいと言い、「無名の家族のひとりひとりが、小説ぶらないままで、虚構化されている」のに驚き、「あ、これは自分が書きたかった小説だ」と思ったのだった。

須賀さんは、駆け抜けるように過ぎた人生の最後の十年間で、自分の文体をついに実現したのだと思う。いくら彼女が最晩年、ほんとうに書きたかったのは宗教と文学であって、「いままでのものはゴミみたい」と親しい人らに打ち明け、未完の小説「アルザスの曲りくねった道」にこそ望みを置いていたのだとしても、彼女のエッセイは、多くの読者をつよく引き寄せずにはおかなかったし、読む者ひとりひとりを書店の仲間たちの固有の人格と直に引き合わせるという、文体の奇跡をもたらしていた。

†

愛する人や土地を描写するとき、ふつうの言葉ではとうてい追いつかなくて、須賀さんの文章はしばしば、詩的で音楽的な喩えをあふれさせる。書店を率いるダヴィデ神父の章「銀の夜」は、それだけで一冊の書物にも価するものがたりだ。ダヴィデは「滝のように笑」う豪快な人物で「スクロォショという、多分に擬音的な、水が堰を切ったように流れるありさまをいうイタリア語」そのままに笑った。

須賀さんは、「行動的キリスト教文学からサンテグジュペリに到る流れ」のなかで、ダヴィデの作品を「英雄」にからめて理想化していたのだが、実のところ彼は、須賀さんが思い描いていたような知性の人ではなかった。神学や文学の系統だったことを彼から学ぶことは諦めねばならなかったが、そのかわり、未発表の詩を一緒に読もうとダヴィデが提案したことが突破口になり、「迷路のようなヨーロッパの思考と感性」を彼の詩語のなかに辿っていくという活路を、須賀さんは見い出した。詩のなかの言葉をとおしてダヴィデに質問すると、「茫漠とした答え」のなかに確かな感触のある思考の「種」がひそんでいた、と須賀さんは書いている。

†

夫と死別して数年後、ミラノを引き払って失意のうちに帰国し、外国語学校の講師などをして生計を立てながら、須賀さんが没頭したのは、カトリックの実践としての

「エマウス運動」だった。四十四歳の頃には、若い学生らを率いて衣類などを集め、会のマネジメントを一手に引き受け、責任者として練馬の事務所で寝起きしていた。

後年、須賀さんは「皇帝のあとを追って」（『ユルスナールの靴』）で、「まちがえた場所に穴を掘ってそのことの危険に気づかないウサギみたいに」全力を注いだ当時を振り返り、「あの精力と、当時、じぶんが愛情と信じていたものとを文章を書くことに用いていたら。そう考えることが、稀ではあっても、たしかにある」と告白している。文学になどかまけていられない、と須賀さんは、熱病に罹ったようにエマウス運動にのめりこんでいたのだった。

ペッピーノと共に暮らしたミラノ時代、須賀さんにとって信仰と文学はいわば両輪だった。それらが次第に離れ、反目し合うまでに別の道をゆくことになるとは、なんという運命だろう。信仰と文学の間で、須賀さんは引き裂かれる。

「私は目標を見失った探検家のように、あてのない漂流をはじめた」（「砂漠を行くものたち」『ユルスナールの靴』）。

信仰はもはや、須賀さんにとって安住の地ではなかった。何をどのように書くか、葛藤の亀裂を深くすると同時に、「書きつづける」生への意欲を駆りたててもいたのがこの引き裂かれの構図だったとしたら……もうわたしたちは須賀さんの痛ましい漂流を、黙って見守るしかないのだ。

「ダヴィデに——あとがきにかえて——」（『コルシア書店の仲間たち』）のなかで須賀さんは、「若い日に思い描いたコルシア・デイ・セルヴィ書店を徐々に失うことによって、私たちはすこしずつ、孤独が、かつて私たちを恐れさせたような荒野でないことを知ったように思う」と書いている。須賀さんは、ミラノ時代を書くことは須賀さんにとって、どんなに大きな慰めだっただろう。須賀さんは、「息をするのと同じくらい」大切な「書くこと」によって、コルシア書店の仲間たちと再び濃密なときを過ごした。しかしこの後、信仰と文学の対立のはざまに独り立つ、「目標を見失った探検家」は、きびしい荒野に自らを追いやらねばならなかった。

†

『ユルスナールの靴』の頃から、須賀さんの作品はぐんと難解になる。とくに、「皇帝のあとを追って」と「死んだ子供の肖像」の二篇は、それぞれユルスナールの壮大な書物『ハドリアヌス帝の回想』、『黒の過程』の理解を読者に要求している。これらの本を須賀さんはイタリア語版で読み、日本語訳はそれぞれ多田智満子訳、岩崎力訳（ともに白水社）を参考にしたと［追記］に書いている。
『ハドリアヌス帝の回想』の扉に引かれた詩は、ハドリアヌス帝が死の床でつくったと言われる。多田智満子訳はとても格調の高い文語調だが、須賀訳はこのようである。

たよりない、いとおしい、魂よ、
おまえをずっと泊めてやった肉体の伴侶よ、
いま立って行こうとするのか、
青ざめた、硬い、裸なあの場所へ、
もう、むかしみたいに戯れもせず……

ハドリアヌス帝は六十二歳で他界した。そしてユルスナールは八十四歳まで生きた。「じぶんに残された時間はいったいどれほどなのだろうか」と須賀さんは自問する。
『黒の過程』は、岩崎訳によると「放浪」「蟄居」「牢獄」の三部から成り、壮大な歴史思想小説で、ユルスナールはこれを完成させるため実に四十年もの月日を要したという。この日本語版四百ページもの大冊を、須賀さんは読者のために噛み砕いて紹介している。舞台は十六世紀のヨーロッパ、二人の若者が出会い、わかれ道に来たとき、ひとりは主街道を選んだが、二十歳の若者、錬金術師をめざす主人公のゼノンは、「横道」を選んだ。それは、「正統な学問がめざした〈神という解答がすべての究極に待ちうけている〉道を拒否することであり、教会が躍起になって抑圧しようとした邪道でもあった」(「死んだ子供の肖像」)。

このすぐ後に須賀さんは、独白のような文章を、カッコ書きのなかに記している。「(異端は、管理者が生産するものではなくて、精神の労働者が生みだすものだから。精神の、あるいは知の領域を、私たちがどれだけないがしろにしてきたか、ゼノンの物語はとりわけ考えさせる)」。

『ユルスナールの靴』を名作としてあげる人は多い。ヨーロッパとヨーロッパ人との長い付き合いの「ひとつの報告書」でもある、と須賀さん自身が位置づけたこのエッセイ集を、自分なりに読み終えたという日がわたしにも来るのか、今はまだわからない。

†

須賀さんのどこが好き?と訊かれることがある。実際に会ったことがないのだけれど、「声」と答える。全集別冊のインタヴュー記事で、ダヴィデと共にコルシア書店を始めたカミッロ神父は、印象的で、小さな女の子のような声だったと回想している。想像していたとおりなのが、わけもなくうれしかった。

大地に根を持つ受動態

最初のひと呼吸から、はじまりの一音から、すでに懐かしい詩や音楽がある。その訪れは、不意にやってくる。

須賀敦子さんの文章に初めて触れたのは、『本に読まれて』だった。没後に相次いで発行された数冊のうち、須賀さんが好きな本ばかりを読者に紹介する、うちとけた自己紹介のような一冊と最初に出会ったのは、どういう巡り合わせだっただろう。

その書評集のなかで須賀さんはマルグリット・デュラス『北の愛人』や『パウル・ツェラン全詩集』など選りすぐりの書物の、いちばんおいしいところを取り出して見せ、ぞんぶんに愉しませてくれるのだが、その語り口は、初めて聞くのになぜかたまらなく懐かしい響きとリズム、そして匂いを持っていた。長い間探し求めてきた住むべきほんとうの家の灯りに辿りついたようで、わたしはもうすっかり気を許し寛ぎながら、須賀さんの話に目をかがやかせていた。日々の思い煩いや、しなければならないことの重圧で凝っていた心身が次第にほぐれ、いつほどか深い呼吸をしていた。
パウル・ツェランの言葉「詩——それはひとつの息の転換なのかもしれません。おそらく詩は道を——芸術の道をも——こうした息の転換のために進むのではないでしょうか」とは、須賀さん自身の言葉に置きかえると「詩が真正であるとき、人はそれによって日常の（ことばの）息ぐるしさから救われる、という明快で深い真実をあらわしている」ということだ。生まれながら詩人のたましいを持っていた須賀さんの文章には、鉱物のかがやきにも似た真正の詩がそここに、まるではじめからあったもののようにちりばめられているのかもしれない。

須賀さんが引き合わせてくれた本のなかで、もっとも奇想天外な書物は、『ハザール事典 夢の狩人たちの物語』、かつて黒海とカスピ海の間の地方に定住したと言われるハザール族の僭主のものがたりだった。美しい王女アテーは「愛人ムカッダサ・アル・サファルの髑髏（どくろ）を帯に下げて離さず、粘土質の土と塩水をこれに飲ませていた。その眼窩（がんか）に矢車草を植えたのは、彼岸のかなたから眺めやる目に青の色が映るように」

心を砕いたそうだ。わたしは、ぞくっとふるえながら、いったい誰の手によるのだろう、幻想的な絵画を見るようにこの話を想い描いた。

本の紹介はみな魅惑的だったので、そのうちの何冊かを隣町の図書館で借りてきて、細切れの時間を継ぎ足しては読んだ。世のなかにはおもしろい本がこんなにたくさんある……ただそれだけで希望の芽が育つような気がした。なかには、須賀さんが熱っぽく薦めるわりに退屈な作品もあった。たぶんわたしは、須賀さんの文章そのものが奏でる独特の調べ、鮮やかな比喩のきらめき、そして人びとや町や芸術に対して、その光と翳の双方に注がれる真摯なまなざしそのものに魅入られてしまっていたのだろう。気がついたら「須賀敦子全集」を一冊、また一冊と買い求め、かつて須賀さんがシモーヌ・ヴェイユの本に「降伏の旗」のように貼っていたメモ書きの紙片さながら、色とりどりの付箋を貼りつけるようになった。あるときは降伏のしるしとして、またあるときは灯台のあかりとして。

†

『時のかけらたち』は、「ユリイカ」に一九九六年から九七年にかけて連載されていた

「石の軌跡」を中心にまとめられた、没後二冊目の単行本である。そこにもまた印象的な章がいくつもあって、わたしは何度も目をみはらねばならなかった。

「チェザレの家」の章は、トスカーナ地方の、ある別荘の一室の描写から始まる。須賀さんはその朝、からだになじまない古風な腰高のベッドで目を覚ました。すぐ横の壁には、「なにやら薄気味わるい図柄のアクワフォルテ（腐食銅版画）」が架かっていた。そこはイタリアの著名な評論家、チェザレ・ガルボリの広壮な別荘の一室で、須賀さんは知人になかば強引に誘われ、別荘の客人となったのだ。

評論家チェザレは、過去に一面識もなかったのだが、まったく未知の人ではなかった。若い日に夫のペッピーノから渡された本を読んで以来すっかり傾倒し、後にいくつかの作品を日本語に翻訳した女流作家ナタリア・ギンズブルグの作品評を通して、チェザレの文章に出会っていた。彼はまたナタリアの親友でもあったのだ。

遠い過去にさかのぼることになるが、ナタリア・ギンズブルグの自伝的小説『ある家族の会話』に須賀さんが初めて出会ったのは、夫のペッピーノが存命中のことだ。彼は、エゴン・シーレの表紙カヴァーがついたその本の中身をぱらぱらと見たとき、これは須賀さんの本だと確信を得た。そこには、第二次世界大戦に翻弄されながらも対ファシスト政府と対ドイツ軍へのレジスタンスをつらぬいたユダヤ人家族とその友人たちのものがたりが、「見事な筆さばき」で表現されていた。案の定、須賀さんはナタリアの本に「しがみつくように」のめりこんでいったのだった。そして『ある家族の会話』は、いつかは自分も書けるようになる日への指標として、遠いところにかがやきつづけることとなったと、須賀さんは書いている（「ふるえる手」『トリエステの坂道』）。

いったい、須賀さんをこうまで惹きつけたナタリアの文体とはどういうものだろう。「小説はすでに書かれていた、それに存在をあたえるためには、それにかたちと肉を与えるためには、それ〈すでに書かれているもの〉を〈道具として使〉えばいいのだということを、私はさとった」（「チェザレの家」）。

ナタリア自身によって書かれたこのコメントは、「読むように書く」という文体の秘密を、彼女の親友である評論家チェザレにも、そして日本語訳の翻訳者、須賀敦子にも、さらに多くの読者にも、いっときに明け渡すことになった。

ところでそのチェザレの別荘で朝はやく目覚めた須賀さんは……グリーンの枠に縁取られた窓、そこから流れこむおぼつかない朝の光、ひろい屋敷は物音ひとつしなかった。「いちめんの緑、そのむこうには、頂きに季節はずれの雪を思わせる白い大理石の縞もようを刻んだカマイオーレの山々が、朝の太陽を浴びて薔薇色にかがやいているはず」のその部屋は、昨日チェザレが泊り客らを案内しながら、「まず私にわりあててくれた」部屋だった、と須賀さんは書いている。自分が選んだのではなく、わりあててもらったのだと。

同じ日の出来事を、チェザレが追悼号に寄稿しているのを見つけたとき、わたしはあっと声をあげた。彼はすでに、谷崎潤一郎の小説「武州公秘話」のイタリア語翻訳をとおして須賀さんと出会っていた。彼は須賀さんのイタリア語に「この上なくギンズブルグ的な味わい」を認め、そして愉しんでいた。実際に須賀敦子が別荘を訪ねてきた日、彼女はあまり話したがらず、「魅惑的でどこか神秘的な、とてもすてきな沈黙のしかたを身につけていた」。チェザレは、自分を理解してくれる人に向かって話している、という実感を持って、たましいの暗く深いところまで、須賀さんに告白していた。

とても印象的だったのは、チェザレが、別荘に着いたばかりの須賀さんらを連れて館じゅう案内してまわったときのことだ。須賀さんは、「いくつもの部屋のなかをとても自然に、とても素朴に、そしてとても慎重に眺め」、そして「ようやく自分の部屋を選びおえた」と書いている。そして、「その部屋に入って休むのを告げるその言い方」で、チェザレは気づいたのだ。彼女は自分自身との関係をすべての源のように感じていること、そしてそれを最高度に表現するすべを知っていることを。その美しい特徴は、ナタリア・ギンズブルグもまた持っていたと、チェザレは言っている。

ひとつだけ、小さな発見をここに記しておきたい。須賀さんが「この部屋をまず私にわりあててくれた」とつましく表現していたのを、チェザレは、須賀さんが「部屋を選びおえた」と能動的に書いていることだ。彼は、自分自身に対する自覚が彼女を、大地にしっかり根をつけたカシの木のように見せていたと、それは限りなく愛しい姿だったと追想している。

須賀さんはおそらく、受容の人であっただろうとわたしは思っている。そうでなければ、他人の哀しみを自分のと等分に、触れれば血が滲むほどにしかも粛然と、語りおおせはしなかっただろう。

かつて与えられ、徐々に失っていった家族、友人、そして地上の日々……その喪失の過程を、須賀さんは家族や友人や自分に起きた必然の出来事として、「書くという私にとって息をするのとおなじくらい大切なこと」(「ふるえる手」)を知りつくした身に、淡々と引き受けていた。

自分を映してみる道

トリエステには、閉ざされた悲しみの長い日々に
自分を映してみる道がある、
旧ラッザレット通りという名の。
救貧院に似た、どれも同じな古い家屋のあいだに、
ひとつ、ただひとつだけ、明るい調べが。
海が、交差する何本かの道のつきあたりなのだ。
生薬とアスファルトが匂う道、
人気のない倉庫のむかいには、
網や、船舶に使う
縄を商っている。ある店の看板は

一本の旗。中では通行人に背をむけ、ふりむきも
しないで、血の気のない顔の女たちが、
とりどりの国旗の色のうえに
かがみこんで、人生の苦悩の持ち分を
減らそうとしている。無辜の囚人たちは
暗い顔で陽気な旗を縫う。

（「三本の道」部分、須賀敦子訳『ウンベルト・サバ詩集』より）

須賀敦子さんの訳でサバの詩を読むと、トリエステという町へ行ってみたくなる。歩きながら町の匂いを味わい、人びとの会話に耳をそばだて、そして道のつきあたりに現れるという、アドリア海の青を見たい。

トリエステは、その帰属をめぐって複雑な変遷を経てきた。サバ自身、はじめはドイツ語で、次にイタリア語で教育を受けている。母親はユダヤ人で、サバは生まれる前に父に棄てられた。トリエステのゲットーで育った彼はすすんで父親のイタリア名を棄て、ヘブライ語で「パン」を意味する「サバ」というペンネームを選んだ。

須賀さんの亡くなった一九九八年に刊行された『イタリアの詩人たち』には、一九七〇年代後半の初出稿がそのまま収められ、冒頭に引いた詩のタイトルは「三つの道」である。「自分を映してみる道」とはいったいどういうことだろうと、わたしはそれが気になっていた。

一方、同年に出た『ウンベルト・サバ詩集』では、タイトルは「三本の道」に変わり、ほとんどの詩行が改訳されている。須賀さんは、原稿に大幅に手を入れる執筆スタイルだった。この詩篇についても、たとえば、当初の「両側の家の尽きるところが　海なのだ」から「海が、交差する何本かの道のつきあたりなのだ」と改訳され、海の出現がより鮮やかに見えてくる。そして「人生の罰を償っている」女たち、という初出の訳は「人生の苦悩の持ち分を／減らそうとしている」と改められ、旗を縫う女の作業のありさまが、実際の手の動きとして見えてくるようで、この訳に出会えたときはうれしかった。イタリア語を解さないわたしは、訳者の日本語によってサバに出会うしか手立てがないのだ。

須賀さんは、サバを心から愛するイタリア人の夫、ペッピーノと共に、おそらく日常の食事をとるようにサバの詩に親しんでいたのだろう。サバが書店主だったこと、騒音と隙間風が大嫌いだったこと、そして詩人であったことは、夫とサバとを重ね合わせるのにじゅうぶんな要素だった。その錯覚を、生前の夫はよろこんで受け入れていたふしがある、と須賀さんは言う（「きらめく海のトリエステ」『ミラノ　霧の風景』）。

研究者としての須賀さんはと言えば、第二次大戦後に編集し直された第二の『カンツォニエーレ』を、サバの仕事の集大成として高く評価していた。一九八六年には、論文「『集』としての『カンツォニエーレ』――ウンベルト・サバの場合」を「イタリア学会誌」に発表している。

トリエステへの彼女の最初の旅は、落胆に終わった。夫の死の二年後、日本からの旅行者を案内して訪れたある彫刻家の家で、生前に親交のあった彼の口からサバの名を聞いたとき、須賀さんはすぐさまいくつかの質問を投げかけるのだが、「きみたち他国のものにサバの詩などわかるはずがない」という、ほとんど侮りのような口調に退けられる。

須賀さんとペッピーノは、貧しい暮らしのなかで詩集のページをひらき、「宝石かなんぞのように」サバの詩を愛唱していた。ほんとうのサバは、自分たちの心のなかに存在していると彼女は自負する。そして「ホメロスがジョイスがそしてサバが愛したユリシーズの海」が、まるでサバの碧い眼のようにきらめくのを車窓に見ながら、この次に来るときは必ずひとりで来て、サバのトリエステをひとりで歩き、波止場に立って海を見ようと心に決めた。

†

サバが「自分を映してみる道」と言ったとき、そして詩のなかで「旧ラッザレット通り」を歩き始めたとき、わたしはずいぶん前に通った異国の坂道と、そこで出会ったひとりの青年を思い出す。

ドイツにしばらく暮らした頃、小さい娘とわたしは、森の麓の小学校で放課後にひらかれている市民向けの音楽教室にそれぞれ通っていた。水曜日、娘は小さなバイオリンケースを背中でごとごと揺らしながら、ブレーキがきかないふうに坂を下り、前のめりにとまっては振り返った。

わたしは金曜日に、借り物のチェロを提げて宿舎から出てゆき、ひとりで坂道を下りた。暗い坂道で車や人に出会うことはめったになく、たまに森の奥からエンジンが呻る音を聞いたり、背後から足音が近づいてくると、何事もなく通りすぎ、あるいは追い越していくのを待った。靴底にへばりつく朽ち葉は、雨や雪や霧の記憶を忘れないと言うように、年中じっとりと黒く濡れていた。

坂道の途中に、ただひとつ灯りが見える場所があった。それはカーテンのない大きな硝子窓を持つ一軒家で、通りに面した大きな窓越しに、明るい照明を囲んで数名が夕食をとっていたり、室内をゆるやかに移動する様子が見えた。オランダ人の家族らしいと聞いたことがあったが、ほんとうのところはわからない。

それからまた少しゆくと、今度は右手方向に山肌がひどく削られている場所があって、分厚い地層の断面が現れ、黒い森のなかでその部分だけ時間が更新されたような若い肌色を見せていた。ライトで断面を照らしてみるのだが、その土地だけが知っている時間の堆積は、堅く口をつぐんで何も語らないというふうだった。

あるとき、坂の下から近づいてくる東洋の青年がいた。すれ違いざま一瞬目があってすぐに振り返ると、彼もまたそうして、「日本の方ですか」と訊いた。彼は、大学のゲストハウスはこの坂をのぼったところかと確かめ、子どもの頃、両親と住んでいた場所をどうしても見たくなったので、と簡潔に話した。

月日が経ち、今ではもう青年の風貌を詳しくは思い出せないのだが、その日わたしは、おそらく二十年にも満たない彼の人生に、どうしても、はるかに遠い異国の土地にもう一度帰らなければ先に進めないような、どんな出来事が生じたのだろう、としきりに思ったのだった。

日本人らしい青年が宿舎の中庭に立ちつくしていた、と聞いたのは、数日してからだった。坂道で青年にすれ違ったことを話すと、「あれは処刑場へつながる道で、むかし斬首台があったのですよ」と日本人の先生はおっしゃった。どんな罪を犯した人が、どういう心情で引かれていったのだろうと思うと、通う道の暗さと湿りはいっそう冷たく、足もとから沁みあがってくるようだった。わたしは自分の罪のことを思った。

誰かに案内されて訪れたことがあるらしく、夫は処刑場跡を知らせる金属の案内板をカメラに収めていた。最後の死刑執行は一八六四年十月十四日とあった。

†

須賀さんがついに、トリエステに向けて夜中のひとり旅を決行したとき、ペッピーノを失ってすでに二十年が経っていた。夜の飛行場でトリエステ便を待つ須賀さんは、

「季節はずれの黒い小さな昆虫」のように、身を固くしていた。そして自問していた。「サバを理解したいのならなぜ彼自身が編集した詩集『カンツォニエーレ』をたんねんに読むことに専念しないのか……実像のトリエステにあって、たぶんそこにはない詩の中の虚構をたしかめようとするのは、無意味ではないか」(「トリエステの坂道」)。

サバが営んでいた古書店《ふたつの世界の書店》は、観光客向けの《サバ書店》に変わり、「旧ラッザレット街」は、とりすました中産階級の、何ということはない平凡な通りだった。須賀さんは落胆を隠さない。サバのトリエステと同じなのは、「交差する細い道のむこうに、道幅の分だけの細い海のきれはし」が見えることだけだった。

†

須賀さんの訳に導かれて読むサバの詩は、どれも親しみやすい。澄んだ短調の調べを伴って、トリエステの風景のなかを実際に歩くような気がする。とは言ってもわたしは日本語で読むのだから、原語の音がもたらすだろう大切なものを、おそらく逃している。須賀さんの訳す「トリエステ」の改稿のあとを見てみたいと思う。

須賀さんは、何度も訳稿に手を入れた。日本語によってしかサバに近づけないふつうの日本人読者にサバを伝えるためにか、あるいはペッピーノとの日々の記憶が心身に練りこまれた彼女自身の、つよい意志につき動かされてか、どこまでも言葉を研いでいった。それは須賀さんが人知れず、自分を映してみる孤独と愉しみの道だったのかもしれない。

トリエステには　乱暴な
優しさがある　たとえば
硬い実のようで　欲ふかい無骨な少年に
似ている　眼が碧くて
花束を捧げるには　大きすぎる
手をした――

（『イタリアの詩人たち』）

トリエステのうつくしさにはとげがある。
たとえば、花をささげるには、あまり
ごつい手の、未熟で貪欲な、

碧い目の少年みたいな。

（『ミラノ　霧の風景』文中の引用）

詩のなかの「少年」に、須賀さんは「風の音がはいっている」と言うのだが、その感覚が見つからないのを残念に思っていた。
同じ詩を、最近になって別の須賀訳で読んだ。

トリエステには、棘のある
美しさがある。たとえば、
酸っぱい、がつがつした少年みたいな、
碧い目の、花束を贈るには
大きすぎる手の少年、

（『ウンベルト・サバ詩集』）

須賀さんがサバのうたう少年のなかに聞いた風の音を、わたしはここにきてようやく少しだけ感知することができたように思う。

澄んだ空気をつらぬいて、「こうちゃん」は呼ぶ

　ミラノのコルシア書店から発行された須賀さんの手書きによる雑誌「どんぐりのたわごと」は、一九六〇年七月の創刊である。「苑子ちゃん」、こんなやわらかな呼びかけに始まり、親しい友人に語りかけるような口調で、誌名の由来を「どんぐりならどんぐりなりに、云ったり考えたりすることがあるはず」と紹介した後、ひそやかな、けれどもきっぱりした言葉で、創刊の抱負を述べている。

「つやつやと光っていて、いつもわらっているようなどんぐり。しかもまた何と小さくて威厳のないことか。でも私達は、どんぐりでなければもつことのできない、しずかな、しかもいきいきとした明るさを、よろこびを、みんなのところにもって行けるのではないでしょうか」。

　創刊号から二年間、「どんぐりのたわごと」は須賀さんの手によってほぼ毎月、編集、

発行され、十四号から一年ぶりに十五号を出した後、休刊する。十五号の発行は二百部、三雲苑子さん宛てに郵送された。表紙デザインは毎号変わり、彫刻家小野田はるのさんのデザイン画を須賀さんはとりわけ気に入り、よろこんだという。

あたらしい神学の啓蒙という使命をおびながら、どの号もいきいきとした特長を持っているが、とりわけ創作童話「こうちゃん」を発表した七号、もうひとつは日本でも『木を植えた男』としてよく知られるジャン・ジオノの「希望をうえて幸福をそだてた男」の翻訳を載せた八号には、まるで朝のひかりが射しているようだ。須賀さんのやわらかな心、清新な息吹を感じる。

『木を植えた男』が日本語で出版されてからずいぶん経つが、それよりさらに三十年ほど前、須賀さんはイタリア語でこのものがたりに出会っている。そのエピソードを「どんぐりのたわごと」八号のあとがきに見つけたとき、なんて微笑ましいことだろうと思った。

ものがたりの原文はフランス語で書かれていたが、それをある英文の雑誌に見つけた詩人エズラ・パウンドが、当時十歳だった孫にイタリア語訳をすすめ、親戚筋にあたる人に綴りの間違いを直してもらって出版したもの、それを重々訳したのが、須賀さんの「希望をうえて幸福をそだてた男」だったのだ。

「ちょっと似ていて、しかも大変にちがう話」として須賀さんは宮沢賢治の『虔十公園林』に触れている。木や鳥が大好きな虔十という青年がいて、子どもらにもばかにされ、皆から軽んじられていたのだが、親に頼んで買ってもらった杉苗を立派に育て、よく手入れされた杉林は子どもらのよろこぶ遊び場となり、彼が死んで村が町になってからも杉林がくろぐろと残って後の人びとが「虔十公園林」の碑を建てた、というものがたりだ。比較する気持ちは毛頭なかったのだけれど、と断りながら、あえて言うなら公園林の話は「とかく寓話的な重苦しさをまぬがれない」と、須賀さんはあとがきに批評を書き留めている。

一方、ジオノ作の主人公は「もっていた鉄の棒を地面につっこんでは、その穴にどんぐりをひとつ入れ、また土をかけ」、日々の孤独な仕事は戦争中もきわめて根気よくつづける。やがて荒廃の地に泉がつくられ、水が湧き出て、あたらしい人らが住み、花と野菜が植えられた。若い日の須賀さんはこのものがたりに、誠実で素直な、とくにラテン系の人びとの力強い「具体性のもつ明るさ」を発見し、それを快く感じたのだった。

†

須賀さんは、芸術作品が寓話的な意味を持たされるのを警戒した。「空の群青色」（『時のかけらたち』）は、若い日に須賀さんを捉えた、シエナ市庁舎の壁を飾る一枚のフレスコ画をめぐっての興味深い一章だ。

肖像画の主人公、「はてしない深さの群青一色の空の下に投げ出されたような」グイドリッチョ氏の騎馬姿に、若い日の須賀さんはすっかり心を奪われていたのだった。ひたすら青いだけの空と、孤独な騎士グイドリッチョは、日本に帰ってからも折に触れ須賀さんの心を慰めた。ところが年を重ねるにつれ、絵の観かたが少しずつ変わってきた。絵に描きこまれた細部に目がいくようになり、群青の空が絵のなかで占める空間の面積が、長年思いこんでいたよりもずっと小さいのではないか、と疑問を持ち始めた。「知識とひきかえに空がもっと小さくなったら……」という無意識の恐れから、孤独なグイドリッチョをあいまいな存在のままにしていたのだが、ついに須賀さんは、彼はいったい何者だったのか、宮廷画家マルティーニはどんな画家だったのかを書物で調べ始めた。

須賀さんは、物理的な遠近画法が発明されていない時代の、「精神的な重要度にしたがった、心理的な遠近画法」に着目し、絵巻物的に、時間の経過にしたがって画の右手は過去、グイドリッチョの位置を現在、左手にこれから攻撃を仕掛けるモンテマッシが置かれているのに気づく。

この絵がほんとうに好きなのだろう、絵の細部にまで想像力を働かせ、陣営の粗末なテントにも注目し、ついに、画の右側に、「丈低く栽培したぶどう畑」を発見する。そこから想像はさらに翼を得て、もしかしたらこの絵の下にもともとあった別の絵が残されたのでは、それを、画家がなんとなくなつかしくて入れてしまった細部だったらおもしろい、と考えたりする。戦争をしながら耕したにしては手入れがよい、これでワインをつくったのだろうか、それにしては少なすぎると、須賀さんの妄想はやまない。

この絵が心に長く「くすぼりつづけ」たのは、群青色の「空の色のひろがりに対するグイドリッチョの姿があまりにも小さく思えたから、そのため彼が淋しそうに見えたから」だった。そのせいで、この絵が好きになったのだ。ところが縮小された図版で見ると、「あのどぎもを抜くような空の色が複製のためによく出ていない」のはさておき、あの「グイドリッチョ氏には孤独の気配などこれほどもないばかりか、荒涼たる自然のなかを、と私が記憶していた山々は、それぞれが意味を濃くもたされていて、感傷を容れてはくれない」。群青の比率は、須賀さんのなかで明らかに後退していた。「自分勝手に詩情と思っていたものが溶けはじめ」、そのかわりに立ち現われてきたのが、小さなふたつのぶどう畑だったのだ。

　マルティーニのフレスコ画を調べようと思えば、誰でも簡単にできるのだけれど、なぜかわたしは最近まで試みなかった。ついにマルティーニ、シエナ市庁舎と入力し検索してしまったとき、空は、群青色というより黒ずんで見え、「どぎもを抜くような」空の印象も、騎士の孤独も、パソコンの画面から受けることはなかった。そしてぶどう畑は……画面の右端に、とても小さくささやかに描かれていた。

†

　ここまで少し長い寄り道をしてしまったが、いよいよ「こうちゃん」のもとへいきたい。「あなたは　こうちゃんに　あったことが　ありますか」。この上なく繊細な美しい日本語で、詩情ゆたかに、そっと読者に問いかけ語りかける二十五の短い章には、何かのメッセージを伝えることを意図して書かれた寓話の重苦しさが少しもなく、意味はきっぱりと切断されている。

「白いきものを着た小さなおんなの子」だった「わたし」は、こうちゃんと日暮れまで野原や岩場で遊んでいたのだが、ふいにおいてきぼりにされた。おとなになった「わたし」に、こうちゃんは「ちいさなおとこの子」のまま現れる。「朝ごとに大きくひらいた窓から　わたしのところにかえって」き、草ぼけの花びらみたいな、あどけない口もとと両頬を持っている。「くつくつ　くつくつ」笑っていたり、あるときは夏の日射しを思い出すようなあかいマントを片手にぽつりと「ね、ぼく、ひとりで　オーバー　着られない」と言ったり……。早春の雨の日、ずぶぬれでバスに乗ってきたこともあったし、雪の夕方、（どうやら書店らしい）勤め先にこうちゃんが来たので絵本を読み聞かせてあげていたら、じっと「わたし」を見上げ、「ね、どこから来たの？」と真摯に問いかけてくることもあった。澄んだ空気をつらぬいて、遠くから「わたし」の名を呼ぶ子だった。

「ある夏のあさ、しっとりと　露にぬれた草のうえを、ふとい鉄のくさりをひきずって　西から東へ　あるいて　行く」こうちゃんに、ある人は十字架のイエスの姿を重ねるかもしれない。イエスは群衆に天国の奥義を伝えるとき、いつもたとえ話を用いた。神の御国の真理を知りたくて耳をそばだてる人らに、たとえ話は実に明快な教えだったが、そうではない人らにはかえって、奥義は隠された。神の裁きのふるいにかけられたのだった。

†

須賀さんはある時期から教会に行くこともミサにあずかることも、もうやめたと知人に伝えている。どのような変化が起きたのか知るすべはない。けれども「神はつねに神秘のまま」ありつづけ、若い日にペッピーノへの手紙で告白された信仰は生涯、須賀さんのなかにタネのようにすみついて、取り去られることはなかった。晩年になって須賀さんは「宗教と文学」というテーマを見い出した。あるいは、寄る辺ない精神の旅を経てきた須賀さんが、このテーマに、改めてまっすぐ呼び出されたと言ってもよいだろう。

「こうちゃん」は、一定の咀嚼的な意味を要求する寓話として読まれるのを望んでいないように思う。出会ってしまったとしか、神秘としか言いようのない存在をいとおしみ、生まれたままに、そっと差し出されたのではなかったか。

先に、宮沢賢治の『虔十公園林』が寓話の重みを持たされているという批評を紹介したのだけれど、『注文の多い料理店』序文には、須賀さんのたましいとの親和をしめすような言葉が書かれている。

「これらのわたくしのおはなしは、みんな林や野はらや鉄道線路やらで、虹や月あかりからもらってきたのです。……ほんとうにもう、どうしてもこんなことがあるようでしかたないということを、わたくしはそのとおり書いたまでです。……けれども、わたくしは、これらのちいさなものがたりの幾きれかが、おしまい、あなたのすきとおったほんとうのたべものになることを、どんなにねがうかわかりません」。

そう言えば須賀さんはうんと若い日、賢治の詩を読みふけっていたのだった。

須賀さんはアッシジの丘で恩寵の雨に濡れ、それから丘を降りた。創造の神秘は、須賀さんが書き残した作品にひかりを与えつづける。たとえば「こうちゃん」の美しい一節、「そらは　いちめん　光の青で、稲たばは、ほんとうの黄金いろです」の言葉に、そして、こうちゃんという存在、そのものに。

泥のなかに

須賀さんは、すでに二十代の頃から、誰かにいきいきと語りかけるように自在な、それでいて骨組みのしっかりした独自の文体を持っていた。

「聖心（みこころ）の使徒」に発表した「アッシジでのこと」には、『ミラノ　霧の風景』でようやくわたしたちが出会うことになる、かけがえのないたったひとりの須賀さんが、雨にけむるウムブリアの春の野にすくと立っているのを見ることができる。小さな僧院で、八百年の時を越えて聖フランチェスコの歌が確かに聞こえたのを、若い須賀さんは誰かに伝えたくてたまらなかったのだろう。はやる息づかいそのままに、いくつも読点を含み、みずみずしくしなやかな、一本の若木のようにそこに立っている。

できることならわたしはずっと、このかがやかしいはじまりの春から、豊穣な円熟期までの須賀さんの傍を行ったり来たりして、うっとりと話を聞いていたかった。須賀さんのエッセイは、たとえそれが難解なテーマを扱っているとしても、じっと聞き入ることが許されていて、わたしはそこに安らぎを覚えるのだ。

けれども最晩年になって須賀さんは親しい人に、「私はこれから宗教と文学について書きたかった。それに比べれば、いままでのものはゴミみたい」と告白したのだった。その生々しい言葉が棘のように刺さり、ときおりひどく疼いて仕方がなかった。須賀さんの、切り取られた人生の断面のありさまを、しっかり目をひらいて見なければならない。

「個人の祈りは、神秘体験に至ろうとして恍惚の文法を探り、その点では詩に似ているが、究極には光があることを信じている。共同体の祈りも散文も、飛翔したい気持を抑えて、人間といっしょに地上にとどまろうとする。個の祈りの闇の深淵を、たぶん、古代人は知っていたのだろう」（「古いハスのタネ」「新潮」一九九六年一月号初出）。

このエッセイは、宗教について、文学について、次々と自在に視点を変えて書かれた箴言のように読める。同じような書法とどこかで出会っているのに思い至ると、シモーヌ・ヴェイユの『重力と恩寵』だった。ヴェイユの「柘榴の実」のこと、孤高の美のことを、今は難しいのだけれどいつかきっと、わたしは書くだろう。

「古いハスのタネ」を読むうち、どうもダンテに呼ばれているような気がして落ち着かなくなった。そう言えば「三田文學」一一六号で読んだ須賀さんのエッセイも「ダンテの人ごみ」だった。

「不謹慎なことに私は、なんとなく人がこみあっているような場所に行きあわせるとダンテを思い出すことがある。……朝、地下鉄の駅の長いエスカレーターを登っていて、反対側のエスカレーターから一段のすきもないように通勤の人たちが降りてくるのを見ていて、ふとダンテの魂たちを考えてしまう。地獄だから恐ろしいはずなのに、私にはなぜか彼らがなつかしい」。

　須賀さんはごく自然に、ダンテの世界へ渡ってしまう。たとえば、日野啓三の『断崖の年』の最終篇「雲海の裂け目」を読み、ダンテと旅人が地獄から浄罪界に出て初めて星のきらめく明け方の空を仰ぐ、煉獄篇第一歌の場面を想い起こすのだった。

　ダンテと旅人が見た「世界創造のはじめにこの世をつつんでいた光、すなわち人間が原罪を犯す以前に見たであろう光」と、病から生還した現代の日本人作家によって機上から望見された「この世のものならぬ色」とは、一見かけ離れているのだが、それぞれの時代において「すべてが摑めない、あたらしい世界の解明」が、しっかりと科学的思考によって裏付けされていると須賀さんは評している（「虚構と現実を往来する闘病記がしのばす存在論」『本に読まれて』）。

さていよいよ、『神曲』を、腰を据えて読まねばならない。

まだ暑さの残る夜に、涼風を求めて網戸の近くに椅子を移動し、古びたグラシン紙に包まれた「世界文學大系」の一冊を取り出して膝に置いた。若い頃『神曲』をひらいてみたことがあったのは、ダンテが大作を書く導き手となった運命の女性、ベアトリーチェに対する興味からだった。ヘルダーリンのディオティマといい、ベアトリーチェといい、他者の人生に大きな影響を及ぼす真正の出会いは、どのようにもたらされるのだろう。わたしはそのことが知りたかった。

今度は須賀さんに促されるまま、用事の合間の細切れのような時間を継ぎ足して『神曲』を少しずつ読む。有名な地獄の入り口、アケロンの河の橋渡しでダンテは気絶するが、それでも舟は動き、対岸に運ばれる（地獄篇第三歌）。驚くことにダンテは、ギリシャの詩聖ホメロス（至高の詩人オメーロ）までも地獄の第一圏、リンボに配置している。そしてオデュッセウスは、人間に許される以上のことを知ろうとし、その冒険に仲間を誘いこんだゆえに、地獄の最下層に入れられた（地獄篇第二十六歌）。須賀さんは、「太陽の光が射さない詩の世界にさまよい出た」ダンテと、このオデュッセウスに相似性を見い出している。

固有名詞と寓意の難解さにしばしばため息をつきながら、わたしは不意に、「塩一トンの読書」の一節を思い出していた。須賀さんは学生の頃「古典だからという理由だけのために、まるで薬でも飲むようにして」ウェルギリウスの叙事詩『アエネイス』を翻訳で読んだことがあった。「薬でも飲むように」というたとえが、このときのわたしにはまさにぴったりだったので、思わず口中が苦くなった。

須賀さんは後年この詩集を、ほとんど一語一語、辞書を引きながら、ラテン語で読む経験をした。オリジナルを読むということは、「この詩人しか使わないといわれる形容詞や副詞や修辞法が、一行をすっくと立ちあがらせている」のを理解することで、その感動はぜったい忘れられないと須賀さんは書いている。感動どころか、ただ筋書きを追うだけで睡魔に襲われ、つい面倒になって数ページをすばやく繰り、とにかく先へすすもうとするわたしの読書もどきは、須賀さんの目にどう映っただろう。それでも、ついにベアトリーチェとダンテが昇天する「天上篇」の場面にきたとき、わたしは目の前に現れた荘厳な舞台を眩しい思いで想像していた。

須賀さんは「神秘の薔薇の白光に照らされ、歌にみちた〈神によみせられるものたち〉の幸福は、人類がかつて想像しえた、最高の歓喜の表現」と書いている。翻訳のこわばった日本語ではなく原語で、地獄篇から煉獄篇、天上篇に至る登場人物、歴史、神学、政治背景をじゅうぶんに理解し、歌のゆたかな響きを感受しながら、この神秘の光景と出会った須賀さんの感動はいかばかりだったろうか。

ダンテの生きた時代は十三世紀から十四世紀初頭、当時の人びとは天体についてどこまで理解していただろう。ダンテは知りうる限りの知識をこの物語詩に織りこみ、このうえない物語世界を後世に残した。須賀さんは、「古いハスのタネ」で、「現在の私たちが詩と呼び、宗教と呼ぶものが、ダンテの時代とは比べられぬほど、部分的で断片的であることに、私たちは気づく」と書いている。わたしは『神曲』のごく浅いところを、とにかく日本語の梯子に助けられながらよろよろ渡ったに過ぎないが、それでも、須賀さんが長い時間をかけてじっくり読み解き、なお翻訳を躊躇したという『神曲』の奥深さを、足もとに垣間見たような気がする。

「古いハスのタネ」は、読者に向かって語りかけ、また問いかけるようなやさしさと静かさがあると同時に、不可解な要素を含んでいる。最晩年のエッセイ「ファッツィーニのアトリエ」(『時のかけらたち』)と合わせて読むと、須賀さんがこれから分け入ろうとしていたテーマの深淵の、ふるえの一端が伝わってくるようだ。

ピエロ・デラ・フランチェスカという画家の評判は、ファッツィーニや友人から聞かされていたが、須賀さんにはそのよさがもうひとつわからなかった。あるとき、画家の生地アレッツォの教会で「聖十字架伝説」を実際に見たとき、須賀さんはその画家の「目が、なにも交えないはだかの目が、見ているのに気づいた」のだ。

「この絵が自分にとって、存在のひとつの基本になるようなものだ、という確信に近いものを、あの瞬間、私はしっかりと手に入れたように思う」。ふいに訪れる「真正の出会い」は、「神秘主義者たちがいう、たましいの暗やみの時間に似ているかもしれない」。わたしは真正の出会いにどれほど期待し、畏怖を感じているだろう。

「私という泥のなかには、信仰が、古いハスのタネのようにひそんでいるかもしれない」(「古いハスのタネ」)。

アッシジの聖フランチェスコによる『太陽の讃歌』について語られ、『神曲』について論じられているこのエッセイは、須賀さんが授業で学生たちと読んだという、吉行淳之介の『樹々は緑か』の場面が唐突に現れることで、いっきょに不穏な雲行きとなる。いったい須賀さんはなぜ、この小説をテキストに選んだのだろう。

「これといった筋もないまま、思いの揺れだけで進行するこの作品の底に重く置かれた性の孤独――それはとりもなおさず生の孤独なのだが――に、私はいきなり突き刺された感じだった。古いハスのタネのせいかもしれない」。

わたしはすっかり途方にくれた。教室で「泣きふしたいほど」の感動におそわれた須賀さんは、ふいにダンテの白い薔薇を想い浮かべる。小説の主人公が「靄の底にかすんでいる得体の知れぬ場所へ降りてゆく」べきかどうか迷う姿に「かぎりなくなぐさめられていた」と須賀さんは記している。

「いま、宗教といってよいものがあるとすれば、この小説に似ているのではないだろうか」と書いた須賀さんの真意を、わたしはまだはかりかねている。『神曲』の比類ない深さを知りつくした須賀さんにとって、至高天の白い薔薇と、靄のかかった得体の知れぬ場所との落差はどれほどだろう。それは膨大な距離だろうか、それとも……。教室で須賀さんは、生の孤独に取り囲まれ足のすくむような瞬間に、あの神秘の白い薔薇を見たのだった。

須賀さんの信仰は、きれいな上澄みの水に、誰の目にも見えるように美しく飾られていたのではなかった。須賀さんは詩人のたましいを持ちながら、独自のしなやかな散文体を与えられ、死者も生者も隔てなく招き入れ、共に地上にとどまろうとした。高みから信仰や美を説く人では決してなかった。自分の信仰は「私という泥のなかに」「古いハスのタネのように」ひそんでいるかもしれない、と須賀さんは言う。

あのアッシジの春、須賀さんに降り注いだ雨のことをわたしは思い出していた。

人に、言葉に、詩に出会う

須賀敦子さんのエッセイ集を繰り返し読んでいると、つよく印象に残る人物がその都度立ちあがってきて多面体のかがやきがもたらされ、次第に本の佇まいが変わってくるのに気づく。

『トリエステの坂道』も、そういう一冊だ。ウンベルト・サバの故郷、トリエステを訪れる冒頭から、終章のナタリア・ギンズブルグの追想「ふるえる手」まで、このエッセイ集に登場する人物を数えたら、いったい何人になるだろう。須賀さんが出会った人に、ひとりひとり、わたしも出会う。

『トリエステの坂道』は、やさしい起伏に富む本だ。集のはじまりと終わりをよく知られた詩人と作家の手が護っているが、なかほどに息づいているのは、須賀さんの夫、ペッピーノとその鉄道員家族のものがたり、そして、つましい暮らしを営み、人知れずひっそりと生涯を終えていった無名の人らである。

†

わたしはまだイタリアを知らないのだけれど、ミラノを訪れたことのある方は、ぜひ思い出していただきたい。須賀さんがミラノでペッピーノと暮らしていた頃毎日のように利用したのが、35番という市電で、この路線は現在もあるのかわからないが、当時は大聖堂(ドゥオモ)のあたりからヴィットリア門を過ぎて「三月二十二日通り」をほとんどまっすぐに走っていた。ペッピーノが育った鉄道宿舎はその路線のガードをくぐったところにあり、コルシア書店は大聖堂のすぐそばだったから、須賀さんもペッピーノも、35番の市電と共に暮らしていたのだった。

市電のなかで須賀さんは、「ヨウカン色」に退色した僧衣を着て乗りこんでくる老人、ルドヴィーコさんと知り合いになる。修道院の下働きのような人だろうかと須賀さんは想像するが、姑に訊くと、市電病院の病院付司祭ということだった。カーヴの多い市電がぐらりとゆれるとき、「病人にふるまう新聞紙にくるんだ葡萄酒のびんが、僧衣のひだのあいだから、ちらりと見えたりした」(「電車道」)。

須賀さんは「遠くからみてもはっきりそれとわかる外国人」だったから、ルドヴィーコさんからしっかりマークされていて、ある日、彼のほうから話しかけてきた。「ところどころラテン語でまにあわせた、なまりのきついブロークン」で話すルドヴィーコさんは、アドリア海に面した村の貧しい漁師の家の出だった。須賀さんは、彼の出身地クロアチアが、イタリアとユーゴスラビアの国境に近い地方で、そのあたりは一時イタリア領だったことを知っていたが、実際にクロアチアから来た人と話すのは初めてだった。

あるとき、クロアチア語はどんな言葉ですか、と訊いてみると、「白い眉毛の下の、人の好さそうな、それでいて、この人につかまったら厄介だなあという感じがどこかある、黒い目をしょぼしょぼさせながら」、思いがけず、「わすれた」と答えたのだった。

ルドヴィーコさんは、須賀さんの夫ペッピーノだけでなく、弟のアルド、若くして死んだ兄や妹のこともよく知っていた。「ペッピーノによろしくな。アルドにも」、そう大声で言われると、須賀さんは、「夫や義弟のアルドを、一時だけルドヴィーコさんからあずかっているような気のすることがあった」と記している。

かつてオヴィディオ広場の近くには、「最小限度住宅（カーセ・ミニメ）」という団地があり、そこに暮らすイヴァーナという少女も須賀さんの知り合いだった。市営バスの日曜割引を利用して、イヴァーナのロシア人のおばあさんは、毎週お墓参りに出かけていた。イヴァーナは、「もうれつな重ね着」をし、イタリア語を話せない祖母のことを恥ずかしがっていた。

　須賀さんはお墓参りが苦手だったらしく、ペッピーノと死別した後、ミラノの家をたたんで東京に帰ることになり、義妹に誘われて、ようやく市営墓地を訪れている。そのとき須賀さんは、黒いスカートをはいて、頭を黒い肩かけのようなもので覆ったイヴァーナのおばあさんの姿を見かける。借地料の安い、貧相な墓碑とまばらな植木の区画を、おばあさんは纏足のような歩き方で時おり立ち止まりながら、祈るように両手で顔を被い、またよちよちと歩き出す。須賀さんはそれをじっと見つめていたのだろう。

　ルドヴィーコさんやイヴァーナのおばあさんのような境遇の人にわたしは出会ったことがないのだけれど、かれらはミラノの町に異邦人として、ほんとうに生きていた人だとわかる。行ったこともないミラノで、35番の市電に揺られているような錯覚に陥る。ルドヴィーコさんが色褪せた長い僧衣を翻して、よっこらしょと乗りこんでくるような気がする。

†

須賀さんの夫、ペッピーノの実家は、貧しさに囚われていた。家族は次々と病魔に襲われ、まるで「この人たちは、水の中で呼吸をとめるようにしてつぎの不幸までを生きのびている」ようだった。「それが、この人たちにとって唯一の可能な現実なのかも知れなかった」と須賀さんは書いている。ペッピーノとの結婚によって、家族となった人らのことを、須賀さんはまるでつき放すように「この人たち」と二度までも書いている（「キッチンが変った日」）。

つましく懸命に生きる庶民を描くことに、あれほど冷静であたたかい視線を注ぐ須賀さんが、夫の家族を「この人たち」と呼んだことにわたしは戸惑い、覗いてはならない泥沼のようなところに足を踏み入れてしまった気がした。わたしはしばらく、茫然としていた。それから、かつて自分もその内側にいた荒廃の家族を、外から切なく呼び捨てる須賀さんの正直な告白を、いったい誰が正面から批判できるだろうかと思うと、しいんとした気持ちになった。

「ガードのむこう側」(『トリエステの坂道』)には、ペッピーノと結婚する十年前に亡くなっていた父親、ルイージさんが小説風に登場する。夫や姑らから伝え聞くエピソードをふくらませ、義父を夕陽に向かって映画俳優のように歩かせたりしている。鉄道員ルイージさんは「マルパーガ」、訳せば「悲運」「乏しい賃金」という、いかにもうらぶれた名の、崩れかけた農家にたむろする男たち相手の町の娼婦から、大事なへそくりを預かるようになっていた。預かったお金は封筒に入れ、名を書いてきっちりと寝室の引き出しにしまってあった。

とうの昔に亡くなってしまっていた義父を語るときにだけ、須賀さんは自分がものがたるペンの、書かれてからこちらに向かって語り返される恐怖から、かろやかに逃れているように見える。

†

須賀さんは、女学生の頃、散文よりも詩が好きだった。自分には詩しかわからない、散文は何も語りかけてくれない、ほんとうに理解できるのは自然にかかわる抒情しかないと思いこんでいた。詩と自然に浸りたかったのに、「なによりもまず人間、というフランスやイタリアのことばに、さらにこれらの国々の文学にのめりこんで、はては散文を書くことにのめりこんでいった」のを、須賀さんは自分でもふしぎなことのように書いている（「ダフォディルがきんいろにはためいて……」『遠い朝の本たち』）。「となり町の山車のように」を読むと、須賀さんはごく若い頃から、散文家への道を必然的に歩み始めていたことがわかる。戦後間もない頃、日本の夜行列車のなかで須賀さんは不意にあるイメージを得た。《夜になると、「時間」はつめたい流れ星のように空から降ってきて、駅で列車に連れ去られるのを待っている》。

数年後、リヨン駅からローマに向かう夜行列車のなかで、ジュネーヴ！と言う短い叫び声のようなアナウンスに喚起されたのだろうか、そのイメージが突如、甦ってきた。《「時間」が駅で待っていて、夜行列車はそれを集めてひとつにつなげるために、駅から駅へと旅をつづけている》。

その「言葉の束」は、「たとえば成人のまなざしをそなえて生まれてきた赤ん坊のように、ごく最初からしっかりした実在をもって」須賀さんのところにやってきていた。「私はマヌケなメンドリのように両手でその言葉の束だけを大切に不器用に抱えて、あたためながら歩きつづけた」。

興味深いことに、須賀さんはその詩的イメージを詩作品として表現しようとは思わなかった。その「言葉の束」は、いつか文章を書く日のために大切にあたためられていたのだった。物語が成立するためには、「いろいろ異質な要素を、となり町の山車のようにそのなかに招きいれて物語を人間化」する、つまり、「縦糸の論理」を「人間の世界という横糸につなげる」ことが大切であると須賀さんは理解するのだが、その大切さをほんとうにわかるようになったのは「老い、と人々が呼ぶ年齢に到ってからだった」と書いている。

須賀さんは六十歳を目前にしてようやく、翻訳ではない、自分の文章を書くことに本気で着手したのだった。「みなが店をばたばた閉めはじめる夜の街を、息せききって走りまわっている自分」という自虐的なたとえが、須賀さんの心の疼きを生々しくページに滲ませる。大切なことに気づくのが遅いわたしは、いっしょになって心が疼く。

須賀さんは、サバだけでなく、ウンガレッティやモンターレの詩をずいぶん熱心に読んでいた。翻訳につきものの制約を乗り越え、須賀さんはイタリアの詩を美しい日本語の響きに変えて届けてくれた。『イタリアの詩人たち』では、五人の詩人の仕事を情熱的に紹介し、ノーベル文学賞詩人クワジーモドへの冷ややかなまなざしを入れることにより、かえっていっそう鮮やかに、須賀さんがほんとうに愛した詩人と作品が浮き彫りにされる。

散文家の須賀さんは、まるで詩のような日本語の作品を書き残してくれた。詩のような、といちばんに感じるのは、若い日の創作童話「こうちゃん」だ。言葉のかがやきと響き、リズム、削られた言葉の底に期せずしてあらわれる深淵あるいは高さ、それらの言葉はいったいどこからきたのだろう。確かに須賀さん独自の調べを奏でている。それはあまりに美しいものがたりなので、須賀さんを通して語られる何ものかの語りのようにも思われる。この文体は、いったいどこから降りてきたと言うのだろう、言葉が自ら言葉の扉を目くるめくひらいて、神秘に触れさせる、そのときわたしは詩を感じる。

冬の終わりに、旧い友人から久しぶりのたよりが届いた。長く闘病しながら仕事をつづけてきたのだけれど、この夏にきっぱりと仕事をやめて温暖な南の土地で暮らすことにしたと書いてあった。処置を怠れば死に至るあやうい生の縁にいながら、どうしてこの人はいつも朗らかで動じず、かえって、ふがいない相手を思いやるのだろう。

「三寒四温というものです。また近況報告しましょう」。

画面に届いた言葉をなぞりながら、わたしは慰めを受けていた。他の誰のとも違うその人だけの、好ましい文体だった。四十年近く会うこともないのに、今確かに生きて地上にいるあたたかさで、希望を灯して、言葉はわたしの心に降りてきた。

monogatari の誕生

須賀さんの書物と親しくしていると、いったい、言葉を目で読んでいるのか、それとも本のなかに顔を埋めるようにして声を聞きとっているのか、わからなくなる。物語る声は均質で、記憶を文字に変質させる過程を少しも怖れず、むしろ虚構を愉しんでいるように思われる。

どの登場人物も、須賀さんの声を通していきいきと語られる。たとえば、ペッピーノはこう言った、ダヴィデ司祭はこう言って滝のように笑った、というふうに。登場人物の多くはすでに死んでいて、須賀さんはかれらの死を明らかに宣言しながら、まるで自分だけが不死身の語り部であるかのように、声を発しつづける。

†

須賀さんが生前に著した本は、『ミラノ　霧の風景』『コルシア書店の仲間たち』『ヴェネツィアの宿』『トリエステの坂道』『ユルスナールの靴』のわずか五冊である。死後に相次いで刊行された書物も含め、もっとも好きな一冊を選ぶのは誰にとっても難しいだろうが、どうしても一冊だけしか旅の鞄に入らないのだとしたら、さんざん迷った末、わたしは『コルシア書店の仲間たち』を選んで、スカーフに包み、大切に持っていくだろう。第二作として書き下ろされた本には、「このためにじぶんが生まれてきた」と思える生き方を追求した須賀さんの、もっとも濃密な日々が灯っている。

石と霧のあいだで、ぼくは
休日を愉しむ。大聖堂の
広場に憩う。星の
かわりに
夜ごと、ことばに灯がともる

人生ほど、

生きる疲れを癒してくれるものは、ない。

（ウンベルト・サバ／須賀敦子訳「ミラノ」『コルシア書店の仲間たち』）

一九七一年夏、日本へ帰国することになった須賀さんは、ミラノのコルシア書店へと彼女を導いた詩人、ダヴィデ司祭に別れを告げるため、ミラノの北、ベルガモ山中の修道院を訪れていた。コルシア書店で共に働いた夫、ペッピーノが亡くなって、すでに四年が経っていた。鐘楼の大きな窓からは、ロンバルディア平野が見渡せ、ダヴィデはそこに机を置いて、神学雑誌の編集や、若い研究者を集めてゼミをひらくなどの仕事をしていた。

須賀さんが訪れたその日、鐘楼のあたりには日曜日の来客がひしめき、日が暮れてからようやく、二人きりで話すことができた。ローマで初めて出会ったときのこと、コルシア書店のこと、ペッピーノのこと。とめてあった車に戻ろうと修道院の広場に出ると、鐘楼には「うそのような満月が皓々と照っていて」、見送ってくれたダヴィデの大きな影が、舗道にくっきりと映し出されていた。黒い法衣に反射する月の光、ダヴィデと須賀さんはきっと、いつもより長く握手を交わしただろう。「銀の夜」の出来事だった。

この夜のことは、「ダヴィデに——あとがきにかえて」にも書かれている。「私のダヴィデは、これからもずっと、あの巨大な図体のまま、ロンバルディア平野を見下ろす山の修道院の仕事部屋で、若い修道士たちを大声でこきつかい、大きな手で小さなグラスに注いだグラッパを、朝っぱらからぐいぐいやりながら詩を書き、満月の夜には、中世の塔が影をおとす石畳の広場で友人に別れを告げつづけるだろう」。

このダヴィデ・マリア・トゥロルド司祭こそは、若い須賀さんをミラノに引き寄せた人だった。司祭でありながら、詩人の登竜門と言われる詩賞を受賞していたダヴィデの作品は、当時の須賀さんにとってじゅうぶん尊敬に値するもので、「行動的キリスト教文学からサン・テグジュペリに到る流れ」のなかでは「英雄的」だった。

先に触れたように、一九五八年、ローマでダヴィデとの最初の面会が叶うが、何度か話をするうちに、彼から体系的な神学や文学を学ぶのはほとんど不可能だと悟る。そのかわり、ダヴィデは自作の未発表の詩を一緒に読もうと提案してくれた。須賀さんは、詩の言葉を手がかりに、ヨーロッパの思考と感性を学びとっていき、そして、ダヴィデの率いるコルシア書店へと導かれていくのだった。

ウンガレッティ、モンターレなど、イタリアの優れた詩人を研究した須賀さんは、後年、ダヴィデの作品に関してはたいへん手厳しく、「彼なりの読者層にささえられた詩人」であるけれど、「とくに近年の作品は、饒舌にながれ、形式の弱さがめだつ」と批評する。彼の詩学は須賀さんから遠いところにあったが、ダヴィデの第一詩集『わたしには手がない』は、ある時期、共同体を照らすサーチライトのように、須賀さんたちを導いていたこともまた、確かなのだった。

コルシア書店をめぐって、それぞれの理想は微妙に違っていた。「人間のだれもが、究極においては生きなければならない孤独と隣あわせで、人それぞれ自分自身の孤独を確立しないかぎり、人生は始まらないということを、すくなくとも私は、ながいこと理解できないでいた」と須賀さんは書いている。

コルシア書店は「徐々に」失われていった。そして「私たちはすこしずつ、孤独が、かつて私たちを恐れさせたような荒野でないことを知ったように思う」。亡きダヴィデに捧げられたあとがきは、このように結ばれている。

†

書物を愛する人から薦められて伊勢功治『写真の孤独』（青弓社）を読み始めたとき、わたしはあっと声をあげ、それから、少し痛ましいような思いになった。冒頭の章は「ジャコメッリと須賀敦子の出会いから」という副題を持っていて、須賀さんの「銀の夜」の長文が引かれている。

須賀さんは、東京の同僚の研究室で、一枚の白黒写真の絵葉書に見入っていた。マリオ・ジャコメッリが撮影したその写真には、須賀さんのよく知っている、僧衣に身を包んだ二人の司祭の姿が認められた。写真にはダヴィデの第一詩集の詩行と同じ「私には自分の顔を愛撫する手がない」というタイトルがあり、「通いなれた道のように」生きつづけている詩「わたしには手がない／やさしく顔を愛撫してくれるような……」が思い出された。須賀さんと亡き夫ペッピーノにとってかけがえのない、コルシア書店の友人、ダヴィデとカミッロ、この写真は自分がまだ知らない頃の二人に違いない、と須賀さんは確信する。

グラフィックデザイナーの伊勢功治さんは、須賀さんの「銀の夜」を丁寧に解説しながら、慎重に、写真家ジャコメッリの仕事を検証していく。このシリーズ「私には自分の顔を愛撫する手がない」が撮影されたのは、一九六一年から六三年のことで、「ダヴィデはそのとき四十代半ばだから、時代的にジャコメッリの写真に写っている人物が本人とは考えにくい」。さらに、ダヴィデとカミッロが撮影場所の神学校にいたという事実もないのだった。

伊勢さんは、須賀さんの「勘違い」を指摘しているのでは決してない。「須賀のエッセイとはフィクションとのぎりぎりの境界で成立している」と伊勢さんは書いている。「ダヴィデたちの生身の人間臭さや感情というものを知っている須賀だからこそ見ることができた若き日の二人の姿だということもできるのではないだろうか」。

このシリーズは、ジャコメッリの写真にしては珍しく明るいものだと伊勢さんは言う。ジャコメッリは生涯、イタリアの小さな町に住みつづけ、商業主義とは無縁のところでアマチュア写真家として詩人の作品と出会い、刺激を受けながら写真を撮影し、自ら詩も書いた。このしずかな書物には、ジャコメッリをはじめ、詩と写真の対話があり、伊勢さんのきめ細やかな文章がさらに、芸術家の孤独を際立たせている。

ところで伊勢功治さんは、『ミラノ　霧の風景』のゲラに目を通し、いちはやく須賀さんの文体に触れたひとりだった。本ぜんたいが霧に包まれているような、あの静謐な佇まいのブックデザインが彼の手によるとは、なんとすてきなことだろう。

†

この夏、わたしは夙川教会を訪れていた。須賀敦子さんの文学と人生を、書物とフィールドワークを通して探究しておられる蓮沼純一さんによる講演後、特別なご配慮により、幼少時代の須賀さんが暮らしていた家の近辺をご案内いただく機会を得たのだった。夙川教会を出発し、須賀さんにとって通いなれた道のりを、初夏の陽射しをたっぷり浴びながら、数名の参加者と共にゆっくりと散策した。『遠い朝の本たち』や「こうちゃん」に登場する風景を目のあたりにしていると、家々の角から、おかっぱ頭の少女がひょっこり顔を出しはしまいか、と思うのだったが、須賀さんがそこで過ごした当時とは、あたりの環境はずいぶん変化しているということだった。「風が違うのよ」と生前の須賀さんが懐かしんだ夙川。あの阪神・淡路大震災を経て今、ゆったりとした家構えの並ぶ丘陵地の坂道を撫でる風が、確かにあった。

散策を終え、夙川教会を真横に眺めるレストランのテラス席で、冷たい飲みものと前菜をいただきながら、ところで、とわたしは講師の先生におそるおそる切り出した。どちらも幼なじみの修道女として登場する『遠い朝の本たち』の「しげちゃん」と、『ユルスナールの靴』に出てくる「ようちゃん」のことだ。「ふたりは、同じ人物だったのでしょうか」。

「しげちゃん」は、須賀さんが女子大を卒業して三十五年後に東京で再会し、それからほどなく函館で病死したとされる（「しげちゃんの昇天」）。一方、若い日のユルスナールや、ジッドの小説と絡み合わせるように登場する「ようちゃん」は、二十五歳で亡くなっており、須賀さんはパリで訃報を受け取ったことになっている（「一九二九年」）。先生はこれらの不一致を、小説化されたエッセイとしてごく自然に容認されているようだった。モデルになった親友、高木重子さんの没年は明らかだ。しかしその事実は、ふたつの作品の価値にいったいどんな影響を及ぼすと言うのだろう。フィクションとの境界に立つ須賀さん独自のペンを、わたしも受け入れねばならない。

前日まで熱のあったのをどうにか西宮まで電車に乗り、講演後の散策までも楽しんだわたしは、快復のよろこびをかみしめていた。須賀さんの息吹の感じられる土地に身を置き、呼吸することだけですでに、励ましを受けていたというのに、とても気持ちの寛い方々と共にうちとけて、須賀さんの文学や人生のことを語り合っているのだった。テラス席からは六甲の山並みが見渡せ、風はわずかな縞模様の潮を含んで、ときおりつよく吹き渡った。

「言葉は、一秒後には物語になる」と、須賀さんは上智大学の教室でしばしば語った。そして、「物語」は翻訳不可能な文学の一ジャンルであり、いつも「monogatari」と表記された（青柳祐美子「須賀先生の授業」『須賀敦子全集』第七巻月報）。

あの夙川の日、わたしたちは、敬愛する須賀さんのことを親しく語り合っていた。そして、それぞれ冷たい飲みものを欲していた。ガラステーブルに供されたクランベリージュースは甘く、沁み入るようだった。わたしは今、あのとき語り合ったこと、そして火照った身体を確かに通過していったあの赤い液体のことを、どのように表現したものかと迷っている。

ほろ苦い紅茶

本のページをひらくと、ひらいたところからすぐ須賀さんの声が聞こえるかと言えば、実はそうでもない。しずかな饒舌体と言うのだろうか、須賀さんの言葉はあふれながら、どこかしいんとしている。一日の用事を終え、さあようやく本が読める、という夜更け、わたしはまず熱い紅茶を淹れる。

カタカナの固有名詞が多くて、文字を目で追うとつい眠くなってしまうのだが、ほんとうはこのカタカナで表記された原語にどういう破裂音や摩擦音が入っているのだろうと、ふと思う。須賀さんが語り始めているのだ。人の名や、町や通りの名を須賀さんの声が呼ぶのを、耳を澄まして音楽のように聞いてみたい。

『ミラノ　霧の風景』に収められた「チェデルナのミラノ、私のミラノ」の初出は一九八五年十一月、もっとも初期の作品である。チェデルナという人は、急進派の週刊誌にミラノのモードや上流社会のゴシップについて記事を寄稿していた評論家だった。須賀さんは、「よそもの」には堅く扉を閉ざしているヨーロッパの貴族社会が発する匂いのようなものに、ことのほかつよく惹かれる。須賀さんはまた、ジュースキントという作家の新聞小説に熱中したこともあった。小説『香水』の主人公には生まれつきまったく体臭がなかったので、悪魔の落とし子として母親に捨てられ人びとから疎まれる。しかし並外れて鋭敏な嗅覚を持っていたため、自分自身の体臭を発明することを考えついた。「ネコの糞と、かびたチーズと、腐敗した魚のはらわた」でつくった香水を身につけて町を歩いたとき、初めて人びとは彼に異常な反応を示さなくなったという。これらの記事や小説は、ミラノ時代の記憶のなかの人びととまじり合って、「世にもなつかしいあの人間特有の匂いを発散していた」と、賑わしく初々しく、初めてのエッセイは結ばれている。

こうして「別の目のイタリア」というタイトルでエッセイの連載が始まったとき、何より須賀さんは、ミラノで知り合った懐かしい人たちや土地の記憶を書きたいと願ったのだった。以来、須賀さんは時のかけらたちをひとつひとつ呼び覚ましては、息を吹きこんでいく。そこに登場する人らは、どんな意味も役割も負わされず、ただその人だけの持つ匂いをまといながら、ものがたりのなかを自在に歩き始めていた。

「人間特有の匂い」から始まった須賀さんのものがたりは、それから十年余りを経て、一九九七年一月に発表された「深さについて」を最後にふっつり途絶える。このしずかな一篇は、『時のかけらたち』に収まる際に「ファッツィーニのアトリエ」と改題されたのだが、ある芸術作品との、うわすべりではない真正の出会いについて、息をひそめるように書かれている。それは須賀さんにとって、一種の神秘的な体験だった。アレッツォという町にある聖フランチェスコ教会を訪れ、主祭壇を取り囲む「聖十字架伝説」を見ていたときのことだ。十五世紀の宗教画家、ピエロ・デラ・フランチェスカが描いた「シバの女王の聖十字架の木の礼拝とソロモン王との会見」の場面に、須賀さんの目はふいに、はだかの状態になる。知識も含めあらゆるものが取り払われた須賀さんの「はだかの目」は、ピエロその人を見ていた。長くつづくたましいの暗闇を抜けたところで、須賀さんの肉眼の目は、いよいよ働いたのである。

†

わたしはさっそくピエロ・デラ・フランチェスカの画集を隣町の図書館で借りてきて、じっと「聖十字架伝説」に見入った。本から何がわかるだろうという考えもあるかもしれないが、画集や写真集にもなかなかよいところがあり、絵の一部分がクローズアップされているため、女王に従う優雅な衣装の女性たちの視線のゆくえまでもがくっきりと見えた。また別の作品では、受胎告知のマリアの、戸惑いを通り越して苦渋の滲むような目がつよく印象に残った。

いずれも、細部については少し知ることができたが、彫刻家ファッツィーニも賞賛したというピエロ・デラ・フランチェスカの構図については、どの写真集をいくら見つめても、想像に限界があった。

いつかきっとほんものを自分の目で見たい、と願わずにいられないのだけれど、彼の作品に出会うためには、画家の生誕地アレッツォに出向く必要がある。事情があって今は国内の旅もままならず、はたしてこの先、イタリアでほんものに触れる機会が訪れるだろうか。ピエロの壁画も、ファッツィーニが彫ったウンガレッティの木像も、やはり須賀さんをつよく捉えた「歩く像」や「カモメと少年」も、ただ本を見つめて感心することしかできないのだという現実が、わたしを萎えさせる。けれども、とわたしはうつむいた心を立て直す。あの須賀さんにさえ、写真集を見てほんものに出会いたいと焦がれる日があった。

芸術作品との真正の出会いが、もしかしたらいつの日かわたしにもやってくるかもしれない。それは美術作品か音楽か書物かはわからないが、期待して待つのは諦めて心を閉ざすよりずっとよいと、須賀さんならそう言わないだろうか。

†

須賀さんは繰り返し、出会いについて書いてきた。ローマ皇帝ハドリアヌス、作家ユルスナールやギンズブルグ、コルシア書店の仲間たちやそこに出入りする人らや、ペッピーノや彼の鉄道員家族たちもまた、須賀さんのものがたりのなかで何度も生き直し、人間特有の匂いを発散させた。

最近になってわたしは、鉱物のような硬質のかがやきを放つ最晩年のエッセイ集『時のかけらたち』をしみじみと好きだな、と感じ入っている。年譜によると一九九七年十一月七日、「今月中は青土社の本『時のかけらたち』に手を入れる」と、病室まで打ち合わせに来た編集者に話している。本の刊行は、須賀さんが亡くなって三か月後だった。

『時のかけらたち』は、他のエッセイ集とは趣が違い、ものがたりは後退し、そのかわりに芸術論、文体論が表に出ている。これから何を、どのように書いていくかは、須賀さんにとって息をするのと同じくらい切実な問題のはずだった。かつてギンズブルグから学んだ「読むように書く」という手法から離れる時期がきていた。あらかじめ書かれていたものがたりは、そろそろつきかけていたかもしれない。

「ヴェネツィアの悲しみ」には、黒いマントを着た小柄なルチッラが名残惜しげに、人間の匂いをまとって現われる。須賀さんは夫と死別した翌年、ヴェネツィア出身の彼女に初めて「島」を案内されていた。ルチッラは、ゲットの入り口に近い橋のきわに須賀さんを待たせておいて、親戚のおばさんの店に立ち寄っていた。須賀さんは、ルチッラもまたゲットの出身だったのではないかと考える。まず『ミラノ　霧の風景』に現われ、『地図のない道』ではルチアと、という名まえを与えられていた彼女は、黒いマントを着て、片方の足を引きずりながら、道から道へ、橋から橋へと急ぎ足で歩いた。『時のかけらたち』ではもはや彼女は、ものがたりの主人公ではない。ヴェネツィアの黒い波間に現われる幻影のように現れ、共に過ごしたわずか一日の間に、歩くのもおぼつかないほど憔悴していた須賀さんに生きる力を注いで、そっと町中に消えた。

†

須賀さんのヴェネツィアは、『時のかけらたち』でついに頂点を迎える。この島を何度も訪れるうちに、夢とは言えない、ヴェネツィアの暗い部分を見つめるようになっていった。須賀さんは、「不治の病者たちの」というむごたらしい名まえが表示された河岸を歩きながら、そこで生涯を終えた人たちの悲しみに少しだけ分け入ることができたのは、ある夜、その対岸に、皓々と照明に照らされ、闇に打ち勝つように立っている教会のファザードに気づいたときかもしれない、と述懐している。

十六世紀後半にはペスト患者を、その後は性病に罹った娼婦たちを収容した「不治の病者たちの」河岸の向かいに建っていたのは、建築家パラディオの手による、完璧な幾何学的美しさを持つレデントーレ教会だった。パラディオは「完璧なかたち以外に、人間の悲しみをいやすものは存在しないと信じていたのではなかったか」と須賀さんは考える。

これより先に書かれていた「ザッテレの河岸で」(『地図のない道』)においても須賀さんは、治癒の見こみなく病院に収容された娼婦たちが、どういう思いで対岸の教会を眺め、鐘楼の鐘に聞き入っただろうと思いを馳せていた。「人類の罪劫を贖うもの、と呼ばれる対岸の教会が具現するキリスト自身を、彼女たちはやがて訪れる救いの確信として、夢物語ではなく、たしかな現実として、拝み見たのではなかったか。彼女たちの神になぐさめられて、私は立っていた」。

†

それから二年経ち、須賀さんは自分にとっての「不治の病」のことを考え始めていた。意外にも須賀さんは、建築であれ文学であれ、古典主義がめざした形態による虚構性ということを、長いこと理解できないまま歩いてきたと告白している。とうとう須賀さんは、それまでは怖れをなして遠くに置いておいた「形態の虚構という手法」の力を借りなければ書きつづけられないところまできていたのだし、「同時に、そのことが、いつまでも私の不治の病でありつづけることの予感」にも気づいていた。わたしは背筋にひやりとする冷たさを覚えた。詩人が詩をつくるのでなく、詩が詩人をつくる、あずかり知らぬところで作者はその作品を模倣すると最初に言ったのは誰だったたろう。

須賀さんは改めて「不治の病者」たちのことを思い、彼らはほんとうに慰められたのだろうか、と問うていた。「ファサードの均衡が完璧であればあるほど、それが光に満ちていればいるほど、生涯、このおぞけだつような名の場所から外に出ることのできなかった病者たちの現実は悲惨で、建築家のめざしたユートピアからは乖離したものだったにちがいない」(「ヴェネツィアの悲しみ」)。

須賀さんの小説は、重い役割だけを与えられ、まだ歩き出していない主人公を遺して、遠く未完のまま閉じられた。夜更けにわたしは、もうとっくに冷えてしまった紅茶の、底にのこった一口を啜る。香りはせず、苦味だけが残っている。最後のエッセイ「ファッツィーニのアトリエ」のページをもう一度ひらく。間に何も交えない須賀さんの「はだかの目」が見たのは、芸術の創造者ピエロ・デラ・フランチェスカの、やはり「はだかの目」だったのだろうか。この絵が「存在のひとつの基本になる」という確信を得た須賀さんはそのとき、慰めを受けたのだろうか。その深さにおののくいたとしても。

ことはなかっただろうか。まったくの「はだかの目」を通って、眩い光に射抜かれて

†

『時のかけらたち』の最後に「月と少女とアンドレア・ザンゾット」「サンドロ・ペンナのひそやかな詩と人生」というふたつの詩論を置いたのが須賀さん本人の考えだったとしたら、わたしはとてもうれしい。アンドレア・ザンゾットという詩人についての牧歌的とも言える章で須賀さんは、早春に咲くプリムラの花のことを少し書いている。primula は、もとは prima（初めの）の短小形だったのでは、と。

二人の詩人が人間の匂いをまとって巻末にゆったりと座っているから、本はひらかれたままで、冷たく完結することがない。今度イタリアに行ったらザンゾットを訪ねて日本の詩の話をしてあげよう、それから、ながい顔をしたペンナについてもう少し書いてみたい、と言い残して須賀さんの本は終わっている。

幼い頃須賀さんは、詩人になる他はない、と自覚していた。それからずいぶん時が経って、翻訳ではない自分の言葉を見い出したとき、独自の調べを持つ散文が声のよ

うに生まれた。虚構のかたちは、見る人によっては詩、童話、エッセイ、あるいは小説だったかもしれないが、それらはもう重要なことではないだろう。

最晩年になって須賀さんは、時のかけらたちを無心に拾い集めた。それは、あずかり知らぬうちに交わされていた天との約束のひとつひとつを、しずかに肯う行為だっただろうか。そうして拾い集めた時のかけらたちを、須賀さんはすべて惜しみなく、他者であるわたしたちに譲り渡し、生まれてきたときと同じ裸のすがたで帰っていった。

言葉は声のように

「そもそも若いころから私は滅法と言ってよいくらい翻訳の仕事が好きだった。それは自分をさらけ出さないで、したがってある種の責任をとらないで、しかも文章を作ってゆく楽しみを味わえたからではないか」(「セルジョ・モランドの友人たち」『ミラノ霧の風景』)。

そう言えば須賀さんの文章は、好き嫌いがはっきりしてずいぶんあけすけなところもあるけれど、「自分をさらけ出す」のは、もともと苦手だったのだろう、ごくプライベートなことがらについて書くときはとても慎重である。ところが近年になって、須賀さんを仰天させるような事態が生じた。年少の気の置けない友人、コーン夫妻に宛てて書いた手紙の存在が明らかになり、ついに単行本化され、私信がひろく読者に知れ渡るようになったのだ。一九七一年、慶応義塾大学国際センター事務嘱託となった須賀さんは、その翌年アメリカ人留学生だったジョエル・コーンと知り合い、七三年に彼のガールフレンドの大橋須磨子に会ってからは、急速に二人と親しくなっていく。須賀さんは三度もボストンへ夫妻を訪ね、ハワイにも訪ねている。

『須賀敦子の手紙』は、とても贅沢で美しく、そしてつくづく、切ない書簡集である。わたしは、刊行を待ちかねるようにしてその本を買った。カラーコピーされた手紙には、青インクの、端正で少し丸っこい文字が、折々の須賀さんの心境や体調を反映して、あるときは朗らかに、またあるときは少し憂うつな調子で並んでいるのが見える。「夏休みのお給料が出ないのでアルバイトを入れてもわりと青息吐息」、かと思えば、地中海沿岸の村を旅して石垣に生えていたごく小さな植物を「チョリンと摘んで」ティッシュに包みハンドバッグに入れて五本木のアパートへ持ち帰り、鉢に植えたらそのうちの一本がぐんぐん伸び「その植物にお礼をいいたいくらい」と呑気なことを書いていたりもする。

封筒に貼られた記念切手、愉快な絵カード、なかには包装紙の余白につらつら書いた手紙もあり、インクの滲み、便箋の紙魚や折り皺までがリアルだ。気を許した友人に宛てた私信だから、研究室内の人間関係のいざこざや、仕事上の鬱憤なども包み隠さず綴られている。須賀さんはいよいよ歯に衣着せぬもの言いで、小気味よい文章は正直すぎるほど正直で、無防備で、そうであればあるほど、なんだか留守中の部屋を無断で覗き見るような気持ちになってくる。

なかにはこういうユーモラスな手紙もあって、ちょっとほっとする。

「今日は衆議院の選挙ですが、今度はもうあまりにもよい加減な候補が出て、これくらいならうちのメダカでも当選するのではないかという感じで、全く、げっそりしています」(一九七七年七月十一日)。

「昨日一寸用があって日本橋三越へ行きましたが地下鉄をおりたところの鏡にうつった私の顔はインテリ女みたいだったので心からぞっとして助けてくれというかんじでした。勉強してもインテリ女にならないように、ちょうど雪解けの道を水たまりをとびこえながら走って行くように、インテリという水たまりに落ちないように——生きたいのですが」(一九七八年二月十日)。

新聞や雑誌にも取りあげられた須賀さんの「恋」に関する箇所は、痛ましくなる。穴があくほどページを見つめたくなったり、読みながら本を伏せたくなったりする。とても集中していながらちっとも落ち着かないのはどうしてだろう。

そのコーン夫妻に宛てた一九九七年の手紙は、入院中の「国立医療センター十六F南」が差出人住所となっている。書簡集に収められた最後のものは四月二十一日付、ハワイ州のジョエル氏宛てで、当時須磨子夫人は須賀さんから請われて三月から五月まで東京に滞在し、病室へ通って世話をしていた。この後六月に退院するが、九月には再び入院する。全集第八巻の年譜を確かめると、一九九七年九月七日、最後の新聞書評となるボルヘス『七つの夜』の書評を「朝日新聞」に発表した、とある。

そしていっとき退院をした六月には、『パラッツィ・イタリア語辞典』に関するエッセイを「一冊の本」（朝日新聞社）に発表している。その頃須賀さんは、五回目の化学療法を終えた後だったが、須賀さんの文章には、病気のことを匂わせるような記述はいっさいなく、むしろ『ミラノ　霧の風景』で登場したはじまりの頃のように、リズム感のある語り口調が冴えている。

この『パラッツィ・イタリア語辞典』は、てっきり辞書の評価に関することだと長い間思いこんでいたのが、久しぶりにこれを読んで目が覚めた。書かれているのは辞書の話というよりむしろ、「三十年まえに死んだ夫」ペッピーノと須賀さんのことだった。結婚したばかりの頃、ペッピーノが「きみのだ」と言って、もう夕食の支度の整ったキッチンのテーブルにどさっと置いた、一冊の分厚い辞書。「その音までを憶えているような気がする」と須賀さんは書いている。

『パラッツィ』を使っていると須賀さんが言うと、ほう、と応える人と、へえ、と応える人がいるのだそうだ。「ほう」組は、どちらかと言うと古典的で文学的な人に多く、翻訳調をうるさく注意するような頑固なところがある辞書に信頼を置いている人たちで、「へえ」組は、なぜもっと現代用語や外来語も多い現代的な他の辞書を使わないのか、という質問が口から出かかっている人たちだと言う。

須賀さんは、『パラッツィ』の新版が出ても、他の辞書を使うようになっても、なお夫からもらった一九六〇年の第二版を捨てられないでいた。須賀さんはこの辞書を使って、十冊にあまる日本の文学作品をイタリア語に翻訳したのだったし、何より、バラバラになりそうだったのを夫がオリーブ・グリーンの電気用絶縁テープで修理してくれた、この世にたった一冊の辞書だったからだ。

同義語も多く、翻訳に必要なコラムも充実しているこの辞書を、須賀さんはときどきひっぱり出してきて言葉を探したという。「さもないと、夫の死後、彼の書斎で夜更けにひとり翻訳をしていた私をそばで見ていた証人であるこの辞書までが死んでしまいそうで、それではあんまりせつないのだ」。

わたしは、最晩年に書かれたこの書評を読んで、須賀さんとペッピーノのはじまりの日のことをもっと知りたくなった。

†

いつもバッグに入れて持ち歩く文庫本ではなく、書棚に大切に置いている単行本『ミラノ　霧の風景』を取り出して膝の上に置いた。わたしは、ずいぶん遅れて須賀さんの本に出会ったから、これは二〇〇〇年発行の二十五刷である。霧をたっぷり吸って、ピンクがかったアイヴォリーのようにも見える表紙カヴァーには、あたたかさのなかに哀しみが溶けている。このようなふしぎな色合いの本を、わたしは他に知らない。須賀さんがペッピーノと暮らした、ミラノのムジェッロ街六番地の窓から見た風景だろうか、緑の木の葉のそよぎが、タイトルに添って縦長に切り取られている。そして極細の風景の切れ端が三か所、記憶の断片のように、カヴァーの中央と両端に貼りついている。

『ミラノ　霧の風景』のなかで、もっとも早い時期に書かれたのは、一九八五年十一月、「SPAZIO」に寄稿した「チェデルナのミラノ　私のミラノ」である。長く翻訳に携わってきた須賀さんが、満を持して自らのものがたりを紡ぐことになった背景には、親しい編集者のつよい勧めがあったと言うが、書けるかもしれない、という実感を得たのは、チェデルナという人の文章を読んだのがきっかけだった。「ふと、書けそうな気がして、そのことを友人の鈴木敏恵さんに話したときから、この文章は書きはじめられた」。書けるような気がしたときではなく、友人に話したときから、というのが、何より須賀さんらしくてすてきなところだ。

チェデルナは、一九五六年から八一年まで、急進派の週刊誌「エスプレッソ」の特別寄稿者として活躍、「ミラノのモードや上流社会のゴシップを軽妙な都会的タッチで描いてみせることで有名な評論家」だった。須賀さんは、とりわけ「よそもの」の外国人には冷たく重い扉を閉ざしている、ヨーロッパ社会の貴族という「種族」がひそかに発散しつづける匂いや文化について、この本から貪欲に吸収していった。「苦学生や貧乏インテリ」の日常生活とかけ離れた社会について興味津々、チェデルナの本にのめりこんでいる若い日の須賀さんを想像するのは、とても微笑ましい。

「ミラノに住んで二年目に結婚することになったとき」という文章で始まる一篇に、ペッピーノはまだ名まえを紹介されず、「夫となる人」として登場する。夫の古くからの友人で書店の同働者、名門出身のルチアの紹介で、二人は裏通りにある一見「しもたやふうの店」を訪れ、「しろうとふうの女主人」から結婚指輪を買った。そこは、新興ブルジョアが贔屓にするぎらぎらした貴金属店とはかけ離れていて、値段も二人が想像していたよりはるかに安かった。緊張が解けた須賀さんはほっとしたと同時に、ああこういうことか、とチェデルナの本で読んだ、奥深いヨーロッパ社会の秘密の部分の匂いを、かすかに嗅ぎ取ってもいた。

　チェデルナは、彼女自身も属していた貴族社会の裏側を書くことも忘れなかった。「裏側の社交界（ドミ・モンド）」の女性と呼ばれたひとりなのだろう、ピヌッチャと呼び親しまれた女性は、「底抜けにあかるく、底抜けに人がよく」、巧みに地位の高い男性たちの相手をし、高級帽子店を営み「たけだけしいほどの生活力」をそなえ、晩年は寝たきりの老婦人の家に住みこんで世話をした。映画監督のルキノ・ヴィスコンティらに生涯愛されたばかりではなく、その母親や妻からも愛され感謝されつづけたという。

　このエピソードの後、またペッピーノは影のように登場するのだが、このとき彼はすでに亡くなっていて、「夫が死んでしばらくのころ」、須賀さんは菓子店のレジにいた見知らぬ女性に声をかけられる。人生の波風が多い過去を想像させる、髪を染めた女性は、須賀さんが彼の未亡人であるのを確かめるとみるみる涙ぐみ、「私はほんとうによくしていただいた。一度あなたにお目にかかってそれを言いたかった」と告げたのだった。須賀さんはその老いた女性の思いがけないほど切ない様子にほとんど戸惑い、夫はどんなことで彼女の相談にのってあげたのだろう、と考える。

ペッピーノの登場のしかたは、その後もたいへん控えめに、「ナポリとナポリ人が好きだった夫が生きていたころ」というふうで、相変わらず名まえは明かされない。一九八八年初出の「ガッティの背中」、その翌年の「マリア・ボットーニの長い旅」でようやく須賀さんとペッピーノの出会いの場面が語られる。

一九六〇年一月、ジェノワの駅まで「友人」と二人で須賀さんを迎えにきたガッティは、くたびれた鳥打帽をかぶり、「ひょっとしたらツルゲーネフの親類かもしれないような」独特の個性的ないでたちだった。「友人」のほうにはとりたてて特徴はなかったが、真冬だというのにリヴィエラ海岸の太陽はまぶしくて、その「友人」はずっと「頭が痛い」と言いつづけていた。須賀さんは後年、モンターレの向日葵の詩を読んでいて、「持ってきておくれ、光にくるった向日葵を」という最後の一行から、不意にその日のことを思い出すことになる。「あの朝の溢れるような光の記憶」のなかに佇む「友人」が、ただの友人であるはずはないだろう。

当時ガッティと「友人」は、カトリックのレジスタンス運動の自主グループに属していて、ミラノの中心街で小さな書店を営んでいた。須賀さんはやがてそこを拠点にして勉強をすすめていくのだが、コルシア書店との出会いは「それについて一冊の本が書けてしまうほど、私のミラノ生活にとって重要な事件だった」と明言したとおり、ほんとうに須賀さんはそれから四年ほどの間に、あの傑作『コルシア書店の仲間たち』を書き下ろしている。

当時ガッティは、出版社の編集の仕事のかたわら、コルシア書店の仕事をボランティアで手伝っていた。ガッティという人物は、ペッピーノよりもずっと長くものがたりの場面に登場するのだけれど、ふしぎなことに須賀さんの巧みな描写によっても、長い間、具体的に像を結びづらいようなタイプの人物だった。

卒論のテーマがバロック音楽作曲家アルビノーニで、須賀さんにレナード・コーエンのレコードをくれた音楽通のガッティ。須賀さんは帰国する前に彼の家を訪れ、仕事が終わるのを待っていたのだが、すっかり疲れ切っていつの間にかソファで眠ってしまう。それほど気を許し、「もうこんな友人は二度とできないだろう」と思わせた、かけがえのない仲間だった。ガッティには何かしら、陰鬱な雰囲気がずっとつきまとう。社会の変革の歩幅に追いつけず、コルシア書店の活動はやがて終焉の時期を迎えることになるのだが、ガッティの精神の衰退はそれより少し早くから、加速度的に始まっていた。

その脈絡でようやく、須賀さんはペッピーノの名を明かす。「はじめての日にジェノワの駅にガッティと迎えに来てくれた友人で私の夫になったペッピーノが、六七年に四十一歳で急逝して、ガッティは有力な代弁者をうしない、そのこともガッティの立場をわるくしてしまった」(「ガッティの背中」)。

夫を亡くして現実を直視できなくなっていた須賀さんを、「睡眠薬をのむよりは、喪失の時間を人間らしく誠実に悲しんで生きるべきだ」ときつくいましめたガッティは晩年、老人ホームのようなところで、「不思議なあかるさに満ちた顔」をして、幼稚園児のように食事をしていた。イタリアへの旅の間に須賀さんはガッティに会いたいと願ってホームを訪問し、それが彼を見た最後だった。彼の死を東京で知らされた一九八八年に、「ガッティの背中」の稿は書かれた。

†

マリア・ボットーニのほうは、さらにドラマチックである。須賀さんが初めて二十四歳でヨーロッパの地を踏んだとき、共通の知り合いに頼まれ、須賀さんをジェノワの港に迎えてくれ、パリ行きの電車に乗せてくれたマリアは、須賀さんより二十歳以上も年上のイタリア人だった。

彼女はその後も、パリ留学中の須賀さんに葉書を送りつづけ、帰国した頃からは、イタリアのカトリック左派の出版物を須賀さんに送るようになった。須賀さんは、「P」という署名の書き手に注目するようになる。一九五八年、改めてイタリア留学をした須賀さんは、「例の出版物の人たちと近づきになり、彼らに誘われて行ったジェノワのある集会で、それが本人とは知らぬまま、Pに会って、やがて彼と結婚し、ミラノに住むことになった」(「マリア・ボットーニの長い旅」)。

須賀さんはペッピーノを描くとき、なぜこんなにも控えめなのだろう。それなのにペッピーノはなぜいつも、ありありとした存在感でわたしたちの前に現れるのだろう。

須賀さんをミラノへと導いたマリア・ボットーニは、小説や映画を地でいくような人だった。若い頃、事情を知らされないまま上司の依頼でパルチザンの隊長を自宅に泊めたかどで警察に捕まり、ドイツの収容所に入れられる。終戦後、骨と皮になって連合軍に救出され、やっとイタリアに辿りついたそのとき、刑務所で一緒だったレジスタンスの頭領で当時は共和国大統領になっていた人物が、ちょうどはなばなしいファンファーレに迎えられていた。飛行機から降りてきた大統領とマリアはしっかり抱擁し、彼女は大統領さしまわしの軍用機でローマに帰った、と言うのだ。

老いたマリアは、そんな大それたことを、長い交流の果てに訪問した東京の須賀さんのアパートで、初めて打ち明ける。「私の個人的ないくつかの選択のかなめのようなところに、偶然のようにしてずっといてくれたマリアが、同時に二〇世紀のイタリアの歴史的な時間や人たちに、こんなに緊密に、しかもまったく無名で繋がっているという事実は、かぎりなく私を感動させた」(「マリア・ボットーニの長い旅」)。

もしもマリアが収容所で死んでいたら、「私は夫にも会わなかったかもしれない」と須賀さんは思いを巡らせる。マリア自身の数奇な運命にはほんとうに驚かされるし、実はマリアこそが須賀さんを導き、ミラノへと橋渡しをしていた重要人物だったことを思うと厳粛な思いにもなる。けれどわたしがもっとも感動を覚えるのは、マリアの話に耳を傾ける須賀さんの姿勢だ。

「夜がふけてゆく私の部屋の花柄のソファに、私はマリアの話が染みついてほしいと思った」。

わたしはここを読むときにいつも、ひとりの人間の運命に驚き、共感し、尊び、すべてありのままに受け入れたいと願う須賀さんの心に打ちのめされるほど感動し、こういうことは誰にも真似ができないと思う。

須賀さんはデヴュー第一作で、「いまは霧の向うの世界に行ってしまった友人たち」を、ひとりひとりこの世に呼び戻した。須賀さんは、その人たちを乱暴に登場させはしなかった。その人にもっともふさわしい登場のしかたで、印象深く本のなかによみがえらせてから、霧の向こうの世界へとまた送り出している。

†

須賀さんの手紙について、まだ少し書いてみたい。全集第八巻には、須賀さんのイタリア時代、それぞれ一九五九年と一九六二年に両親らに宛てたものと、一九六八年から七一年にかけて母親に旅先から出された絵葉書、そして一九六〇年の一月から八月にかけて、留学先のローマや旅先から、ペッピーノ宛て書簡の写しの翻訳が収まっている。

両親宛ての一九五九年の書簡は、五本木の自宅にまとめて遺されていた。興味深いのは、一九六二年にミラノの自宅から家族や友人に宛てて出された書簡の「うつし集」の存在である。巻末の解説によると、「うつし集」はカーボン紙をはさんで使うノート形式のもので、全集第八巻収録の二冊分のみ、五本木の自宅に遺されていたという。

それぞれの表紙には、須賀さんの直筆で「手紙うつし集　一九六二年、一」「手紙うつし集　一九六二年、二」と記されていた。これらの手紙のうつしを手もとに保管しておこうと思った須賀さんの意図とはどういうものだろう。

二十代から最晩年に至るまで、須賀さんが書き送った手紙のなかで、もっとも情熱にあふれ、ひたむきで心ゆさぶられるのは、ペッピーノに宛てたイタリア語の手紙だ。「須賀敦子の世界展」図録によると、書簡はイタリア語のタイプ打ちで、ところどころペンで修正が施されている。岡本太郎氏の翻訳で読むこれらの手紙は、須賀さんの作品の文体そのもので、のびのびと奔放でいながら内省的な恥じらいを含み、独特の魅力にあふれている。須賀さんの人生にもっとも大きな影響を与えた人との出会いがどのようにもたらされたか、わたしは本のなかに潜りこむようにして読み耽った。

一九六〇年一月二日、ジェノワの駅でガッティと共に須賀さんを出迎えたペッピーノは、手紙と共に何冊かの本をローマにいた須賀さんへ郵送しているらしく、一月十五日付の手紙で須賀さんは、丁重にお礼を述べている。本と手紙の内容はおそらく、キリスト教の教義について書かれたものだったのだろう。「あらゆる証拠とあらゆる卓越した定義にもかかわらず、神は常に神秘のままだというあなたの数行」は須賀さんに、信仰とはいったい何かをじっくり考えさせるきっかけとなった。

須賀さんとペッピーノは、手紙を交わすことによって着実に互いの距離を縮めていく。「あなたのことはなによりも手紙で理解しています」(二月九日)。「長いあいだ求めてきて、自分が探してきたものは存在しない、現実に存在するはずがないのだと思いこんで、すっかり悲観的に、投げやりになっていたことにも気づきました」(二月二十五日)。また同じ日の手紙で、自分は「かなり強烈な性格で、まわりの人たちの助言に耳を傾けられない」ことがある、と正直に告白している。

そして三月八日に須賀さんは、久しぶりにアッシジへ発つ数日前に見たふしぎな夢のことを手紙に書いた。丘の上のひどく貧しい小屋と、その脇のある鶏小屋が目に入り、「あそこには誰が住んでいるかしら?」と須賀さんは訊ねた。すると「声が答えました――小さい兄弟たちだよ」。夢のなかで須賀さんは、土の匂いを、鶏小屋、桃の花、草の匂いと一緒に感じたような気がした。

彼らの生活の素朴さ、質素さに心打たれ、須賀さんは「私の、自分自身の粉のような乏しさにもかかわらず、常にあらゆるものを批判しようとしてきた、どうしようもなく尊大な態度」を思い知らされた。この自覚は少しも不愉快ではなく、須賀さんは夢のなかで泣いていた。苦い涙ではなく「胸を張って泣いているようでした」と須賀さんは書いている。「そしてあまりにもひどく泣いたおかげで目が覚めてしまいました」。

この手紙を読んでわたしは、「聖心(みこころ)の使徒」一九五七年十月号に須賀さんが発表した「アッシジでのこと」を思い出し、はっとした。そして須賀さんにとってほんとうの宗教的な体験は、アッシジを初めて訪れたときではなく、後年ペッピーノと知り合って手紙を交わすようになったとき、須賀さんの夢のなかにあらわれたのであったことを初めて知った。

この日の手紙はほんとうに長い。同じ日の手紙のなかで須賀さんは、自らの将来を言い当てるようなことをペッピーノに語っている。「観想」というのは抽象的すぎて自分の言葉ではない、むしろ「歌う人生、恩寵の冒険に捧げられた人生」というふうに表すだろう、と。恩寵の冒険に捧げられた人生、とは、まさに須賀さんのことではないか。

「私は小さく、誰でもない人間になりたい、たいしたことなく、大きなことをいわない人間に。それは私が望んでないからではないのかもしれません。私にはそれが、自分が生きるためのたった一つのあり方のように思えるのです」。「あなたに会えて私がどんなにしあわせか、あなたにはわかってないのよ。あまり働きすぎないように、ゆっくりと休むようにして、お昼寝もするように！　どれもするように」（四月二十四日）。

†

「文學界」一九九九年年五月号には、ペッピーノの詩篇が掲載されている。一九六八年、友人たちの手によって詩集が編まれ、私家版としてコルシア書店から上梓された。書店の仲間であるカミッロ神父は序文で、「ペッピーノの人生においては、深い信仰心も、教会の人々との長きにわたった交情も、かれが一人の世俗の人間として、自由にのびのびとふるまうことをさまたげるものではなかった」（鈴木昭裕訳）と書いている。特集号に紹介されたペッピーノの詩篇のなかから、ぜひこの一篇を紹介したい。

水路

ぼくの生は水路の水のよう、
畑のあいだをのんびりと行き、
妖精や、とんぼたちでにぎわう。

そう、停まっても急いても仕方ない、
ただ肝心なのは、いつまでも行くこと
そして、時間どおりに海に行き着くこと。

須賀さんとペッピーノの間に交わされた手紙を読んで、もう何にたとえようもない、あたたかな感情がこみあげるのをどうすることもできなかった。言葉は信頼に値する、わたしたちは言葉によって生かされ、出会いつづけることができる。

マリア・ボットーニから届く印刷物のなかで須賀さんが心に留めたPという署名の人は、そうとは知られずジェノワの駅で須賀さんを迎えていた。二人はそれから、「言葉」によって引き寄せられ結ばれた。言葉によって人格が交わるという神秘的な事実に、わたしはふるえていた。

長い間わたしは、私信や日記が作品と同列に扱われるのに戸惑いを感じてきた。須賀作品に登場するのは実在の人物ばかりだと言っても、書かれたものはすでに虚構である。ものがたる文体の衣を着せることによって、須賀さんは近しい人たちを作品に招くことができたのではないかと考えていた。『ミラノ　霧の風景』における、ペッピーノのあの控えめな登場のしかたが、何よりの証左だ。

それなのに須賀さん自身はどうだろう。日記も草稿もメモ書きも、そして晩年の私信までもが公開され、万人の眼の前で裸にされた。そんな理不尽なことがあるだろうか。そんな戸惑いや、時には怒りにも似た感情を持ちながら、また一方で抗しがたい興味にかられ、作品以外の出版物に向き合ってきた。

若い日の須賀さんが、あふれる気持ちをおさえかねるようにしてしたためたペッピーノ宛ての手紙は、いたずらに歳を重ねて、何かわかったような気持ちになっていたわたしの、石のような心を砕くのにじゅうぶんだった。

†

この夏わたしは、届くはずのないたよりをどれほど待っていただろう。何年もの間、パソコンの画面を開けると、ほとんど忘れた頃に、星をちりばめたように長文のメールが届いていた。わたしもまたずいぶんしてから、読んだ本の感想や、雲がとほうもない勢いで南へ走っていったことや、ゼラニウムを挿し木したことなど、とりとめもなく書き送った。

声で綴られたような、あの懐かしい長文のたよりは、もう決して届くことがない。四十年近くも出会うことのなかったその人は、長年重い病を得ていたが、死にそうな気配など少しも感じさせず、かえってご家族や周りを思いやり、明朗で、言葉はいつも慰めにみちていた。

夏の朝、もう待ってはいけないことを、知人から電話で知らされた。梅雨明けが近く、激しい雨のあいま、山鳩がしきりに、樹木の低いところで啼いていた。わたしはこのことで、まだほんとうに涙を流していない。

†

どうしてだろう、わたしたちはほとんど無意識のうちに、相手に対して無防備に心をほどくことがある。見えているところでなく、見えないところに触れることがある。須賀さんとペッピーノは、そうして出会った。決められた時に彼が永遠の海へ帰り着いてからも、須賀さんの思い出は熄まず、使い古された一冊の辞書『パラッツィ・イタリア語辞典』と共に、最晩年の須賀さんのところへ、はじまりの日のようにいきいきと帰ってきた。

須賀敦子さんという女性に、いつからかわたしはつよい憧れを抱くようになった。ミラノへ導かれるまでの長い道程、運命を決定づけたと言えるペッピーノとの出会いと別離、そしていよいよ、ものがたりが誕生し始めるまでの、ため息が出るほどの長い時間……ひとつひとつを、はらはらしながら見守ってきた。須賀さんに与えられた約束の道筋は、おそらく冒険家の須賀さん自身にも、他の誰にもはかり知ることのできないことだっただろう。おおいなる存在は、須賀さんをこのように愛し、全き采配を揮われた。そして須賀さんはその呼びかけに、生涯、全身全霊で応えた。わたしにはそれが眩しくてしかたがない。

須賀さんは、と言えば、今、ほんとうに無防備な姿を衆目に晒し、どこでも凝視してよいし、触れてもよいと宣言している。そういう在り方はひりひりと痛ましいが、おそれなく親しみを持って人間に近づき、その運命を直視し受けとめてしまう須賀さんだからこそ、負うことのできる十字架なのかもしれない。

何より人間の匂いを愛し尊んだ須賀さんは、いつも本のなかに、ひとりの生身の人間として在りつづける。もうほとんど、声のように。

椎の実通信

ここに収めたのは、個人詩誌「ばらいろ爪」に二〇一〇年三月の創刊号から二〇一六年四月の第十二号まで連載した、須賀敦子さんに捧げるエッセイ「花束」に一部加筆訂正を行ったもの、そして書下ろし一篇を含めた、合わせて十三の花束である。

二十ページの手づくり誌には、第五号から、ミュンヘン近郊の町に暮らす長年の友人アンドレアが、春と秋の発行時期に合わせ、季節の写真をメールに添付して送ってくれた。短いあとがきは、編集後記として読んで下さる方々へ近況報告などを書いていたが、途中から「椎の実通信」と名づけた。いつほどか、椎の実の季節には、森で拾ったほんものの椎の実を届けたいような気持ちになっていたし、春になると詩誌が届く先に、わたしの小さな庭や畑に咲いた草花も一緒にお送りしたい気持ちになっていた。

「椎の実通信」という名まえは、ずいぶん前に書いた自作詩「椎の実書店」から採ったが、ミラノ時代に須賀さんが発行していた雑誌「どんぐりのたわごと」から、きっと大きな影響を受けている。

エッセイの連載を始めてから、須賀さんの人と文学について教えていただく機会が増えた。新刊本や雑誌の特集号、新聞記事のことも、必ずどなたかがお知らせ下さった。須賀敦子さんからイタリア語を学び、須賀さんの紹介で絵本の翻訳をされた西端しづかさんとの出会いは、天童大人プロデュース「詩人の聲」公演への参加がきっかけだった。自由が丘の西端さんのギャラリー、Cache - cache d'Artをはじめ、京橋のギャルリー東京ユマニテなどで、新作を発表する機会をいただいた。不在の須賀さんがその場所の主役だ、と感じることが何度もあった。そして、真摯に耳を傾けて下さる方々の前で作品を声にするのは、特別なよろこびだった。

またこれまで、須賀敦子さんの作品と生き方についての講演をと、未熟な者に依頼して下さった方々に感謝を申し上げたい。準備を進めるなかで新たな発見と感動があり、会場はいつも、須賀作品を愛読する方々のあたたかな心情と熱気とに包まれていた。須賀さんの知己の方や、須賀作品研究の先達の方もいらして下さって、示唆に富むお話を伺うことができた。

はじめてのエッセイ集出版にあたり、詩集『真珠川 *Barroco*』を装幀して下さった伊勢功治さんに、再び友人アンドレアの写真を用いてデザインしていただけるのは、身に余る幸せである。あの憧れの『ミラノ　霧の風景』の、伊勢功治さんが自分の本を装幀して下さるなど、数年前にはまったく想像もつかないことだった。須賀敦子さんゆえの恩恵を、深く感謝せずにいられない。そして、出版に関わるすべてのことを整え、編集の労を執って下さった思潮社の藤井一乃さんに、心からの感謝を申し上げる。

実際のイタリアを知らずにこれらのエッセイを発表するのにはためらいもあったが、いっそ知らないまま、本を旅立たせようと思った。イタリアへ行ける日がいつになるのかわからないのが現実的な理由だけれど、もうひとつは、須賀さんからいただいたものがいっぱいになって、ひとりで持ちきれなくなったからだ。花束はつきないのだが、区切りをつけなければと自然にそう思えてきた。

須賀さんは、自称「出不精」のわりに旅が大好きで、帰ってくると衣服をいちまい脱いだみたいにふわっと明るくなっていたという。さながら「恩寵の冒険に捧げられた人生」、さすらい人の人生を与えられた須賀さんは、自由と背中合わせの断崖に立つような孤独を、ふつうの重荷として負っていたのだろうか。

須賀さんは、未完の小説を置いて去った。冒険の途上で誰かに呼ばれて別の冒険のことを思い出し、出かけていったきり帰らなかった人のように。それもまたふつうのことよ、と須賀さんは言うだろう。誰でもそうして、いつかは地上からいなくなる。けれども須賀さんは、本のなかに声を遺してくれた。本をひらくといつもそこに、ものがたる須賀さんの声と息づかいが入っている。立派でなくてもありのままでよい、あなたの声を持ちなさい、と肩のあたりに手を添えてくれる。須賀さんに誘われてむしょうに旅をしたくなることもあり、どうしてかわからないが、早く自分の居場所に戻りたいような気持ちのすることもある。わたしはきょうも、小さな庭から草花を摘んできて、その手で、心にかかる誰かに手紙を書こうと思う。

この本をお手に取って下さり、ありがとうございました。
それではまたお目にかかる日まで、どうぞお元気で。

参考文献・資料

須賀敦子による単行本

『ミラノ　霧の風景』白水社、一九九〇年
『コルシア書店の仲間たち』文藝春秋、一九九二年
『ヴェネツィアの宿』文藝春秋、一九九三年
『トリエステの坂道』みすず書房、一九九五年
『ユルスナールの靴』河出書房新社、一九九六年
『遠い朝の本たち』筑摩書房、一九九八年
『時のかけらたち』青土社、一九九八年
『本に読まれて』中央公論社、一九九八年
『イタリアの詩人たち』青土社、一九九八年
『地図のない道』新潮社、一九九九年
『霧のむこうに住みたい』河出書房新社、二〇〇三年
『塩一トンの読書』河出書房新社、二〇〇三年
『須賀敦子全集』第一巻〜第八巻、別巻　河出書房新社、二〇〇〇-二〇〇一年
『こうちゃん』（酒井駒子と共著）河出書房新社、二〇〇四年
『須賀敦子全集』第一巻〜第八巻　河出文庫、二〇〇六—八年

須賀敦子による翻訳書

ブルーノ・ムナーリ『木をかこう』至光社、一九八二年
ブルーノ・ムナーリ『太陽をかこう』至光社、一九八四年
ナタリア・ギンズブルグ『ある家族の会話』白水社、一九八五年
ナタリア・ギンズブルグ『マンゾーニ家の人々』白水社、一九八八年
ナタリア・ギンズブルグ『モンテ・フェルモの丘の家』筑摩書房、一九九一年
アントニオ・タブッキ『インド夜想曲』白水社、一九九一年
アントニオ・タブッキ『遠い水平線』白水社、一九九一年
アントニオ・タブッキ『島とクジラと女をめぐる断片』青土社、一九九五年
アントニオ・タブッキ『逆さまゲーム』白水社、一九九五年
アントニオ・タブッキ『供述によるとペレイラは……』白水社、一九九六年
イタロ・カルヴィーノ『なぜ古典を読むのか』みすず書房、一九九七年
『ウンベルト・サバ詩集』みすず書房、一九九八年

その他

文藝別冊『追悼特集　須賀敦子　霧のむこうに』河出書房新社、一九九八年
大竹昭子『須賀敦子のミラノ』河出書房新社、二〇〇一年
大竹昭子『須賀敦子のヴェネツィア』河出書房新社、二〇〇一年

大竹昭子『須賀敦子のローマ』河出書房新社、二〇〇二年
岡本太郎『須賀敦子のトリエステと記憶の町』河出書房新社、二〇〇二年
岡本太郎『須賀敦子のアッシジと丘の町』河出書房新社、二〇〇三年
稲葉由紀子・文、稲葉宏爾・写真『須賀敦子のフランス』河出書房新社、二〇〇三年
須賀敦子、松山巖、アレッサンドロ・ジェレヴィーニ、芸術新潮編集部『須賀敦子が歩いた道』新潮社、二〇〇九年
湯川豊『須賀敦子を読む』新潮社、二〇〇九年
川上弘美選『須賀敦子』精選女性随筆集第9巻、文藝春秋、二〇一二年
松山巖『須賀敦子の方へ』新潮社、二〇一四年
文藝別冊『須賀敦子　ふたたび』河出書房新社、二〇一四年
湯川豊編『新しい須賀敦子』集英社、二〇一五年
池澤夏樹個人編集『須賀敦子』日本文学全集25、河出書房新社、二〇一六年
『須賀敦子の手紙 1975-1997 年　友人への55通』つるとはな、二〇一六年

「文學界」一九九九年五月号、文藝春秋
「芸術新潮」二〇〇八年十月号、新潮社
「考える人」二〇〇九年二月号、新潮社
「三田文學」No.116　三田文学会、二〇一四年
「つるとはな」創刊号、第二号　二〇一四、二〇一五年

「須賀敦子の世界展」図録　神奈川近代文学館、神奈川文学振興会、二〇一四年
若松英輔「霧の彼方——須賀敦子」「すばる」二〇一六年十一月号〜
野上素一訳『ダンテ』世界文學大系6、筑摩書房、一九六二年
マルグリット・ユルスナール／多田智満子訳『ハドリアヌス帝の回想』新しい世界の文学14、
白水社、一九六四年
吉行淳之介『砂の上の植物群』新潮文庫、一九六七年
マルグリット・ユルスナール／岩崎力訳『黒の過程』現代フランス小説2、白水社、一九七〇年
宮沢賢治・作、伊藤亘・絵『虔十公園林』偕成社、一九八七年
ジャン・ジオノ／原みち子訳『木を植えた人』こぐま社、一九八九年
宮沢賢治『注文の多い料理店』新潮文庫、一九九〇年
シモーヌ・ヴェイユ／田辺保訳『重力と恩寵』ちくま学芸文庫、一九九五年
シモーヌ・ヴェイユ／冨原眞弓編訳『ヴェイユの言葉』大人の本棚、みすず書房、二〇〇三年
池澤夏樹『異国の客』集英社、二〇〇五年
中井久夫『時のしずく』みすず書房、二〇〇五年
『須賀敦子　静かなる魂の旅』ＤＶＤ＋愛蔵本　河出書房新社、二〇一〇年
伊勢功治『写真の孤独』青弓社、二〇一〇年
若松英輔『生きる哲学』文春文庫、二〇一四年
池内紀『亡き人へのレクイエム』みすず書房、二〇一六年

須賀敦子略年譜──『ミラノ　霧の風景』が誕生するまで

一九二九　須賀家の長女として大阪府で出生、兵庫県武庫郡（現芦屋市）で育つ。
一九三七　東京へ転居し、聖心女子学院小学部に通う。
一九四五　終戦後、疎開先の夙川から東京に戻り、寄宿舎生活。
一九四七　復活祭の日に洗礼を受ける。
一九四八　聖心女子大学に入学（五一年卒業）。
一九五二　慶應義塾大学大学院入学。
一九五三　大学院を中退し、パリ大学へ留学する（五五年帰国）。マリア・ボットーニの出迎えを受け、帰国後も彼女と文通、コルシア書店を知る。
一九五八　ローマへ留学。マリアの紹介でダヴィデ・マリア・トゥロルドと会う。
一九六〇　コルシア書店に参加するためミラノに転居。このころからボンピアーニ社などミラノの主要出版社で、日本文学部門のアドヴァイザー、翻訳者として活躍する。コルシア書店から「どんぐりのたわごと」創刊。
一九六一　ジュゼッペ・リッカ（通称ペッピーノ）と結婚。
一九六七　ペッピーノ、肋膜炎により逝去（四十一歳）。

一九七一　日本へ帰国。慶應義塾大学国際センター事務嘱託（～八二年）。
一九七二　慶應義塾大学外国語学校講師。カトリック慈善事業のエマウス運動に参加する。
一九七三　「エマウスの家」設立責任者となる（～七五年）。
一九七七　「イタリアの詩人たち1～5」を「SPAZIO」に発表（～七九年）。
一九八一　慶應義塾大学文学博士号取得（「ウンガレッティの詩法の研究」）。
　　　　　『神曲』講読会を上智大学の研究室ではじめる（～八六年）。
一九八二　上智大学外国語学部助教授となる（八九年、教授に就任）。
一九八四　友人夫妻の招待を受けアメリカ旅行。
　　　　　編集者鈴木敏恵から、自分のイタリア体験を書くよう勧められる。
一九八五　「別の目のイタリア」発表（八九年最終回まで連載）。
一九九〇　『ミラノ　霧の風景』刊行（この後の刊行物は、参考文献に記す）。
一九九八　三月二十日、心不全により逝去（六十九歳）。

（『須賀敦子全集』第八巻、松山巖氏の年譜及び「文藝別冊　追悼特集・須賀敦子」の略年譜、著作、訳業一覧より抜粋）

北原千代

一九五四年生まれ。滋賀県大津市在住。

詩集

『ローカル列車を待ちながら』二〇〇五年
『スピリトゥス』二〇〇七年
『繭の家』二〇一一年
『真珠川　*Barroco*』二〇一六年、第67回H氏賞

須賀敦子さんへ贈る花束

著者
北原千代
発行者
小田久郎
発行所
株式会社思潮社
〒一六二―〇八四二　東京都新宿区市谷砂土原町三―十五
電話〇三（三二六七）八一五三（営業）・八一四一（編集）
印刷
三報社印刷株式会社
製本
小高製本工業株式会社
発行日
二〇一八年八月三十日